Diana Knezevic

Die Mösenmafia

Lesben und andere Pauschalterroristen

Sonnenkinder-Verlag

Umschlag-Gestaltung: Kerstin Eckstädt, Köln
Foto: Barbara Scheid, Köln
Druck und Bindung: Books on Demand GmbH, Norderstedt
Printed in Germany
ISBN 3-9806772-3-0

Vorwort

„Die Mösenmafia. Lesben und andere Pauschalterroristen" – ja, muss das denn sein? Wer kauft denn so ein Buch? Und vor allem: Wie soll man das in der Bahn lesen? Mit schweinslederner Buchhülle als Quasi-Kondom für lesbische Untergrundliteratur? Wo sind wir denn?

Halb so wild. Zwischen Titel und Inhalt herrscht eine minimale Diskrepanz. Sicherlich wird hier und dort auch mal gefickt, aber meistens so unwesentlich oder mit Eseln, dass es kaum auffällt. Bei den Terroristen handelt es sich um ein pfiffiges Wortspiel, das vom Tourismus abgeleitet ist. Fakt ist, dass irgendwas mit Sex und Terror in den Titel musste. Wegen der Suchmaschinen im Internet.

Sieht man mal von diesem kleinen fiesen Trick ab, liegt hier ein Werk vor, das getrost in die frühe und die späte Knezevic unterteilt werden kann. Ähnlich wie Gertrude Stein und Dieter Bohlen musste ich lange warten, bis ich mich entschloss, mit der Wahrheit an die Öffentlichkeit zu gehen. Jetzt ist es so weit, und wer was anderes sagt, der lügt.

Diana Knezevic
Köln, im November 2002

„Worte verbinden nur,
wo unsere Wellenlängen längst übereinstimmen."
Max Frisch (1911-1991)

Für

Ali, Andi, Anette, Astrid, Barbara, Cordula, Elke, Eva,
Evi, Iris, Jutta, Kerstin, Martini, Nadia, Rosana, Samira,
Silke, Silvia, Steffi, Sylvia, Ulla, Ute…

...und für Papa, den Paten.

Ähnlichkeiten mit lebenden Personen
sind reiner Zufall und basieren auf der Tatsache,
dass wir unterm Strich
wahrscheinlich alle ähnlich sind.

INHALT

Teil 1

Test the Lesb

Teil 2

Brigitte-Psychologie

TEIL 1

Test the Lesb

Test the Lesb
Ein kulturübergreifender Vergleich lesbischer Erscheinungsformen

Zum Leben einer jeden Lesbe gehört selbstverständlich ein Urlaub auf der pittoresken Insel Lesbos, wie der Name schon sagt. Dabei stellt sich die kulturell interessierte Lesbe die Frage, ob wir heute alle Kreten oder Samen (von Kreta oder Samos) hießen, wenn die famose Dichterin Sappho auf Kreta oder Samos gestorben wäre. Ich persönlich hätte nichts dagegen, eine Krete zu sein, weil sich daraus fantastische Wortspiele ergeben wie zum Beispiel „Kreten kneten“ oder „Von der Hete zur Krete.“ Aber stellt Euch mal vor, wir wären alle durch einen unerfreulichen Wink des Schicksals Samen statt Lesben!

Bezüglich der literarischen Qualität steht das „Besamen von Damen“ dem „Testen von Lesben“ zwar in nichts nach, doch öffnet eine solche Bezeichnung überflüssigen Theorien vom Penisneid Tür und Tor. Aber lassen wir das und wenden wir uns der Beantwortung der bisher noch nicht gestellten Frage des „Warum wir Lesbos besuchen müssen“ zu.

Nun, hierbei handelt es sich um einen diffizilen Themenkomplex, den ich wie folgt gliedern möchte, um Ordnung in dieses Chaos zu bringen. (Nicht auf Chios. Das sollen die Griechen mal schön selber machen!).

Dieser kulturübergreifende Vergleich lesbischer Erscheinungsformen beinhaltet u.a. eine nähere Untersuchung körperlicher Besonderheiten sowie einen linguistischen Exkurs. Hierbei spielt der Cunni lingus eine nicht unwesentliche Rolle. Zunächst werden die Angehörigen der jeweiligen Nationen also phänotypisch und dann sprachlich klassifiziert. Letztlich wenden wir uns ihrer sexuellen Aktivitäts- und Erlebniskurve zu. Freut Euch auf die intimen Lippenbekenntnisse von Walli aus Bochum, die ich eigens für dieses Kapitel interviewt habe, damit wir insbesondere die deutsche Kultur und damit uns selbst kritisch zu betrachten lernen.

Parallel dazu gelangen wir zu der Einsicht, dass Sexualität und Alkoholabusus auf Lesbos zwei einander bedingende Komponenten sind. Das Thema Liebe klammere ich an dieser Stelle absichtlich aus, verbinde aber schon jetzt den drastischen Appell damit, auf Reisen von Gefühlen Abstand zu nehmen, weil sich daraus häufig Fernbeziehungen entwickeln, die wiederum sehr kostspielig sind. (Telefonate, Flüge, etc., und all das nur für ein bisschen Fummeln...).

Natürlich handelt es sich bei dieser Art des sexuell motivierten Reiseführers lediglich um kleine Ausschnitte eines weitaus größeren Kosmos mit noch mehr Flirtmöglichkeiten. Apropos Flirten: Was hat Lesbos überhaupt mit Flirten zu tun? Lesbos gilt unter Eingeweihten als Ballermann 6 für Frauen. Es ist ein Eldorado der Lust, und wenn man nicht Acht gibt, wird es zum Eldorado der Last. Erst die Lust, dann die Last, versteht sich. In jeder Frauenzeitschrift können wir lesen, dass Sonne, Luft und Meerwasser Glückshormone und Hormone noch viel gefährlicherer Art, so genannte Serotonine, von den Pheromonen ganz zu schweigen, hervorrufen. Hier findet jeder Topf einen Deckel, manchmal sogar zwei oder drei. Doch dazu bedarf es einer klugen Planung, und dabei möchte ich behilflich sein, indem ich den Verlauf so mancher Urlaubsbekanntschaft für Euch en Detail skizziert habe. Jetzt zittern die Damen in halb Europa vor Angst, aber keine Sorge, ich nenne keine Namen. Oder habe sie geändert... Da war zum Beispiel Constanze. Constanze ist mir sieben Tage hinterher gelaufen, um mir ihre Biergraphie zu erzählen. Erfahrungsgemäß schreiben Lesben ja kaum Biographien, es sei denn sie bevorzugen ökologische Kost. Nein, eine gute Lesbe verfasst ihre Biergraphie, in Anlehnung an LesBIERin. Das ist französisch und heißt: „Die Biere müssen rein."

Stürzen wir uns nun auf die Frauen aus aller Welt, von denen ich im Zuge imperialistischer Überheblichkeit und aus Zeitmangel lediglich die Engländerin, die Deutsche, die Holländerin, die Griechin und die Österreicherin näher untersuchen konnte. In diesem bisher einzigartigen und international angelegten Lesben-Test nehme ich kein Blatt vor den Mund, schließlich trachtet die Wissenschaft nach der Wahrheit. Und in dieser Hinsicht bin ich eine echte Scientologin. Oder wie sagt der Anglist zu Wissenschaftlerin?

Die englische Lesbe

Die Engländerin tritt in großen Gruppen auf. Deshalb heißt sie im Folgenden die Engländerinnen. In diesen Gruppen werden die Individuen schnell laut und fühlen sich geborgen ob der Muttersprache, die sie dort sprechen können. Wir erkennen sie am Nacktstrand an den silbernen Ohrringen in der Brustwarze[1] sowie an

---

[1] Im Nachhinein klärte man uns auf, dass es sich bei den Ohrringen in der Brustwarze um das so genannte Piercing handelt. Aber bei uns in Deutschland ist dieser postmo-

den zahlreichen Tätowierungen auf dem Rücken, auf dem Hintern und an der Wade. Insbesondere die Tätowierungen auf dem Rücken legen – in Kombination mit den Ohrringen durch die Brustwarze – die Vermutung nahe, dass es sich dabei um ein rosafarbenes T-Shirt mit Aufdruck und Paillettenfront handelt, womit ich sagen will, dass die Engländerin einer pigmentarmen Nation angehört, die sich den Urlaub ebenso gut sparen könnte, sofern es um die Aneignung eines Teints geht.

Wollen wir uns einer Engländerinnen am Nacktstrand nähern, sollten wir es tunlichst vermeiden, an ihrem nicht wirklich vorhandenen rosafarbenen T-Shirt zu ziehen. Aller Wahrscheinlichkeit nach haben wir dann einen Hautfetzen in der Hand und einen Handabdruck auf der Wange. Es empfiehlt sich vielmehr, ihr mit Freundlichkeit entgegenzutreten, zum Beispiel Hilfe beim Aufblasen der Luftmatratze anzubieten. (Text: „Kann ich helpen?“)[2]. Dieses Ausmaß an Oralfixierung wird sie stutzig machen. Dann stellst du dich vor. Wenn du Inge heißt, sagst du am Besten: „My name is Inge, but you can call me ‘Inch’, which means centimeters in Germany, but actually it comes from Ingeborg, so you can also call me ‘Inchborrow’“. Das ist abgeleitet vom Zentimeterverleih und beinhaltet eine clevere sexuelle Anspielung.

---

derne Kram noch nicht sehr populär. Unsere Mütter würden sagen: „Was soll denn die ganze Löcherbohrerei?“

[2] Das ist das auf Lesbos verbreitete Pidgin-Englisch und wird von allen Nationen gesprochen und verstanden. Weitere Beispiele folgen.

Im nächsten Schritt erwähnst du fast beiläufig, dass du mit ein paar Freundinnen auf Lesbos bist. (Text: „Buy one, get three free!") Und wenn sie dann noch keinen Versuch unternimmt, dich zum Essen einzuladen, drohst du ihr mit Psychosomatik. (Text: „If you do not kiss me immediately, I will develop an allergy against you.")

Abends, in der Bar, sitzt du mit deinen Freundinnen an einem großen Tisch. Die Engländerinnen daneben. Heimlich tauscht ihr Blicke aus. Damit ihr in Kontakt kommt, schreibst du einen kleinen Brief. „We would like to play truth or dare with you, but to tell you the truth, we do not dare to ask you."

Damit schmeichelst Du ihnen und sie kommen ins Grübeln, wie jemand besser englisch sprechen kann als sie selbst. Denn, und in diesem Punkt unterscheidet sich die Engländerin von anderen Lesben, die ihre Muttersprache beherrschen, die am meisten benutzte Vokabel der Inselbewohnerin lautet „Fuck." Fuck hier, fuck da. Und das nicht ohne Grund. Beim Wahrheit oder Pflicht Spielen wird deutlich, warum sie dieses Wort ständig verwendet. Sie trachtet ohne Umschweife danach, dir an die Wäsche zu gehen. Man kann sich eigentlich vor keiner Engländerin in Sicherheit wähnen, aber das wollten wir ja gar nicht, schließlich heißt dieses Kapitel „Test the Lesb". Auf wen die Flasche auch zeigt, die Engländerin will sofort Sex. Das ist auch nicht weiter tragisch, denn Sexualität zu erleben, kann sich durchaus als fruchtbare Erfahrung erweisen. Jedoch müssen wir uns fragen, ob wir Sexualität unter den lautstarken Beifallsbekundungen einer britischen Reisegruppe erleben möchten. „Fuck her!“ „Yes, fuck her!“ Fuck, fuck, fuck...

Man kann sich daran gewöhnen und außerdem gibt es viele Frauen, die schon sehr lange keine Sexualität mehr erlebt haben. Unter diesen Umständen wäre es mir dann persönlich auch egal, ob der Akt hinter verschlossener Türe oder aber auf dem Tisch stattfindet, wo sich eben noch die Flasche gedreht hat. Doch jetzt werde ich zu subjektiv.

Nach einem kleinen Exkurs in die sprachlichen Besonderheiten und nach einer detaillierten Beschreibung britischer Sommermode, wenden wir uns im folgenden den auffälligen sexuellen Praktiken zu, die die Engländerin kennzeichnen. Hierzu habe ich eine Freundin interviewt:

Frage: „Ulla, wie war die Engländerin im Bett?“

Ulla: „Ganz gut.“

Frage: „Ist dir etwas Besonderes an ihr aufgefallen?“

Ulla: „Ja, sie hat ihr rosa T-Shirt während der ganzen Zeit nicht ausgezogen.“

„Danke.“

Soviel zur Engländerin. Kommen wir nun zur deutschen Lesbe, die nicht minder interessante Wesenszüge aufweist.

Die deutsche Lesbe

Die deutsche Lesbe erfreut sich keiner großer Beliebtheit auf Lesbos. Das mag damit zusammenhängen, dass sie mit Urlaub assoziiert, sich unmöglich aufführen zu müssen, so wie es ihr Vater auf dem Campingplatz oder im Spanienurlaub zu tun pflegte.

Phänotypisch erkennen wir die deutsche Lesbe an der Tennissocke in den Birkenstock-Sandalen. Auch dies ist ein Relikt einer irreführenden Pädagogik seitens des Vaters, dem wir in diesem Kapitel einmal so richtig wortwörtlich die Schuld in die Schuhe schieben möchten. Es kann ja auch nicht angehen, dass immer nur die Mütter schuld sind. Meine war zum Beispiel berufstätig und infolgedessen kaum zu Hause. Da konnte sie bei der Erziehung doch gar nichts falsch machen! Aber erzähl das mal einer Therapeutin. Die verliert sofort ihr ganzes Konzept.

Zurück zu den Tennissocken. Nach einigen Tagen in der griechischen Sonne entsteht durch den Bräunungsprozess eine *natürliche* Tennissocke am Fußgelenk der Deutschen. Diese natürliche Tennissocke ermöglicht es ihr, Gepäck zu sparen und sie braucht die alten Tennissocken nicht mit einer Tube Rei zu waschen. Sie hat ja jetzt sozusagen eine *chronische* Tennissocke.

Wo wir gerade bei den Füßen sind: der Kopf stellt in eben solchem Maße eine Problemzone dar. Die deutsche Lesbe trägt ihr Haar traditionell offen, und zwar vorne kurz und hinten lang. Wenn eine Böe von hinten kommt, verleiht ihr das den Ausdruck von Femininität. Leider ruiniert sie dieses vorschnell vermittelte Image durch eine wenig adäquate und ausgesprochen unfeminine Gangart. Es kommt zum so genannten Stechschritt, sei es abends an der Strandpromenade oder im Wasser. Getrieben von der Angst, irgendjemand könnte sie beobachten. Hat sie etwas zu verbergen?

Diese Frage müssen wir bejahen. Die bereits beschriebene moderne Engländerin ist tätowiert und trägt Ohrringe in den Brustwarzen (Piercing). Im Vergleich zur Angelsächsin kommt sich die deutsche Lesbe mickrig und schäbig vor. Mit den Tennissocken von Papa an den Füßen fühlt sie sich wie eine Landpomeranze und flüchtet vor Begegnungen. Das ist aber grundsätzlich falsch, denn auch die deutsche Lesbe muss lernen, sich im Ausland und überhaupt im Leben zu integrieren. Doch sie vermag sich nicht anzupassen und sie tut es wieder ihrem Vater gleich, indem sie ihre Kindheit mit übermäßigem Bierkonsum kompensiert. Das ist der Zeitpunkt, wo wir unser soziolinguistisch geschultes Ohr auf die Größe eines Rhabarberblatts anschwellen lassen, um die deutsche Lesbe sprachwissenschaftlich zu klassifizieren. Wir führen ein Interview mit Walli (Waltraud) aus Bochum.

Frage: „Liebe Walli, warst Du schön öfter hier und wie gefällt es dir hier?“

Walli: „Watt denn? Der Fluch? [Flug] Oder die Insel? Also, die Faht [Fahrt] hier hin war schrecklich. Eine Kurve links, eine Kurve rechts. Mir wurd ganz schlecht, ich musste fast kotzen.“

Frage: „Und wie kommst du so mit der Hitze klar?“

Walli: „Is schrecklich. Also, ich hatte schon zwei Sonnenstichs. Einen gestern am Strand und einen inne Sonne.“

Frage: „Was tust du dann dagegen?“

Walli: „Gar nix. Ich trink mein Bier im Schatten weiter.“

Frage: „Wie findest du das Essen hier in Griechenland?“

Walli: „Beschissen. Is‘ doch alles viel zu fettich [fettig]. Das Essen schwimmt ja im Fett! Aber soll ja gut sein, für de Verdauung, woll?“

Frage: „Apropos Verdauung. Wie kommst du mit den Toiletten hier auf der Insel zurecht?“

Walli: „Eine Katastrophe! Also, versteh ich nich, warum die Griechen das Toilettenpapier da in so Eimer schmeißen. Is doch ekelich [ekelig]! Aber das hänkt [hängt] bestimmt mit de Kannalisation [Kanalisation] zusammen, weil die is so alt und die Rohre müssen aufpassen, dasse nich platzen.“

Frage: „Bist du eigentlich alleine hier oder hast du eine Begleitung?“

Walli: „Nee, ich bin nich alleine hier. Meine Freundin is auch da. Die kommt aber nich von hier wech, ...äh, ich meine, die kommt nicht von da, wo ich wohnen tu. Die kommt von woanders wech.“

Frage: „Ja, und wo ist deine Begleitung heute Abend?“

Walli: „Weiß ich nich. Die versucht wohl zu duschen. Die is aber immer so lahmarschig, die kommt immer zu spät. Is mir egal, da trink ich mir schoma [schon mal] n Bier.“

Frage: „Dann bist du also die Schnellere von euch beiden. Wie kommt das?“

Walli: „Weiß ich nich. Ich war schon als Kind so fickerich. [fickerig]“

„Danke, liebe Walli aus Bochum.“

Hier offenbart sich schonungslos, dass sich Väter tunlichst aus der Erziehung raus halten sollten, denn sie züchten augenscheinlich kleine, fickerige, tennissockentragende, biertrinkende deutsche Lesben heran, die die Welt nicht braucht. Und diesen Text schicke ich jetzt meiner Therapeutin, damit sie endlich meine Mutter in Ruhe lässt. Die muss arbeiten.

Es gibt aber auch noch eine andere Variante von deutscher Lesbe auf Lesbos. Hierbei handelt es sich um die Wald- und Wiesenlesbe. Sie zeltet gerne und denkt, Duschen sei eine Erfindung der Duschgelindustrie.[3] In der Heimat treffen wir sie bevorzugt auf dem Lesben-Widerstandscamp im Hunsrück an, wo sie der gewaltfreien Küche (also: kochen und essen ohne Messer) beiwohnt. Befreit von zivilisationsbedingten Zwängen erlebt sie ihren Orgasmus mit der Partnerin in einem von tuchverhüllten Taschenlampen zart beleuchteten Zelt. Dabei stöhnt sie leise und politisch korrekt: ‚Oh Göttin, oh Göttin'.

Nach drei Wochen „Kacken im Wald wie die Eskimofrauen“ menstruiert das Paar vielleicht sogar gemeinsam. Wir wissen es nicht und können es nur vermuten. Das Menstruieren im dualen System gehört übrigens zu den Hochgenüssen lesbischer Existenz und darf deshalb hier nicht unerwähnt bleiben. Gerade in der Symbiose ermöglicht das Double-Bleeding, wie ich es jetzt mal ins Englische übersetze, einen ökonomischen und zielgerichteten Umgang mit dem Kauf von blutstillenden Mitteln, seien es Tampons, Binden, Naturschwämme, Paracetamol oder Buscopan.

---

[3] Die Wald- und Wiesenlesbe denkt auch, Patschuli sei ein Parfüm. Im Grunde ist sie sehr einsam.

Die holländische Lesbe

Die holländische Lesbe reist sehr viel. Das liegt daran, dass sie kaum einen Schritt zu tun braucht und schon ist sie außerhalb der Landesgrenze. Trotz ihres geographisch überschaubaren Mutterlandes scheut sie sich nicht, kosmopolitisch aufzutreten und intelligent zu gucken. Ihre Kleidung ist stets modern und sauber. Ich glaube, die holländische Lesbe hat H&M erfunden, lang bevor H&M nach Deutschland kam. Vielleicht hat H&M die holländische Lesbe aber auch nur als Test-Lesbe für Deutschland benutzt. Wir wissen es nicht. Worauf ich hinaus will, werden einige geübte Leserinnen schon ahnen. Ist doch klar: Die holländische Lesbe ist außen hui und innen pfui. Indem sie mit diesem niedlichen, lispelnden Akzent spricht, weckt sie das Gefühl, hilflos und schutzbedürftig zu sein.

Das Gegenteil ist der Fall. Ich kannte mal eine Holländerin, die hat ihrer Geliebten die Faust so aufs Auge gesetzt, dass die andere eine geschlagene Woche an Gesichtslähmung litt. Ist ja schon gut. Man soll ja nicht immer vom Einzelfall auf das Allgemeine schließen, aber das Allgemeine ist selbst bei den Holländerinnen zu groß.

Ich kenne aber noch eine holländische Lesbe. Sie ist sehr kultiviert, beruflich erfolgreich und lernt viele Sprachen. Sie hat humanistische Züge wie Orgasmus von Rotterdam (oder hieß der Erasmus? Und was genau hat der getan?). Aber wenn ich mich recht erinnere, war sie Schottin und lebte nur vorübergehend in den Niederlanden.

Nehmen wir eine Dritte hinzu, damit es repräsentativer wird. Ich kannte mal eine Holländerin auf Lesbos, die hat mich fast vergewaltigt! Nachdem sie mich kraftvoll in den Sand geschubst hatte und zur Tat schreiten wollte (ich wäre ja weggelaufen, aber sie war so attraktiv!), zog sie sich sehr akribisch vor mir aus, während ich jämmerlich im Sand darauf wartete, dass sie sich endlich auf mich stürzen würde.

Interviewen wir mich doch einmal zu dem Thema, wie sich die Holländerin sexuell gebärdet.

Frage: „Du hast da ein Stück weit Gewalterfahrung sammeln müssen."

Ich: „So würde ich das nicht sagen. Sammeln dürfen, trifft es wohl eher."

Frage: „Erzähl doch mal, wie war das für dich?"

Ich: „Die hat mich am nächsten Tag sogar auf der Luftmatratze noch mal vergewaltigt. Auf offenem Meer sozusagen."

Frage: „Wie kam es dazu?"

Ich: „Ich habe sie darum gebeten."

Frage: „Würdest du eine solche Erfahrung weiter empfehlen?"

Ich: „Auf jeden Fall. Sex am Strand ist wie ein Körperpeeling. Dafür bezahlen andere Leute richtig viel Geld."

„Danke."

Schlussendlich gibt es wohl auch gute Holländerinnen. Nur kann ich ja nichts dafür, dass mir noch keine begegnet ist.

Die griechische Lesbe

Die Griechin hat einen Heimvorteil. Sie bewegt sich wie eine Göttin auf der eigens von ihr errichteten Insel im Meer. Sie schläft gerne lange und kommt erst gegen 17 Uhr an den Strand. Das mag daran liegen, dass sie bis 17 Uhr an ihrer Ouzoallergie in Form von Kopfschmerzen laboriert. Sie tritt, ähnlich wie die Engländerin, selten alleine auf. Umgeben von einer Horde bisweilen schmerzhaft gutaussehender Frauen, die alle wunderschöne Augen, dafür aber defizitäre Zähne haben, philosophiert sie über den Sinn der Liebe. Das Pidgin-Englisch wurde übrigens nicht von Schwarzafrikanern zu Zeiten der Sklaverei erfunden, sondern von der Griechin. Sie sagt gerne so elementare Dinge wie: „se ssing is, life is butiful end ju haf tu laf it." Was soll uns das sagen? Verbirgt sich dahinter ein ähnlich humanistischer Charakter wie ihn die Holländerin aufweist? Oder ist sie schlicht und ergreifend bekifft? Wir wissen es nicht. Wir können es wieder nur vermuten.

In der Regel heißt die Griechin Katharina. Wenn du also mal eine Griechin kennen lernen möchtest, musst du einfach Katharina rufen. Irgendeine wird schon reagieren.

Die Griechin ist sehr gut gekleidet. Wahrscheinlich lebt sie in Holland. Ok, das war jetzt wieder gemein. Dann lebt sie eben in Athen. Einer Freundin von einer Freundin von einer Freundin von mir ist es passiert, dass eine Griechin auf ihrer Luftmatratze am Strand Platz genommen hat, um sich dort bereitwillig in der frühen Abendsonne verführen zu lassen. Aber nicht nur von der Freundin von der Freundin von der Freundin allein, sondern von deren Freundin ebenso. Insofern schlussfolgern wir, dass wir es mit einem sehr sexuellen Wesen zu tun haben, welches sofortige Triebbefriedigung anstrebt. Ich selbst wurde zum Opfer eines Zungenkusses, den ich noch Tage später spürte. Im Genick, denn der Schädel wurde mir zwecks Überreichung des Kusses von einer Griechin nach hinten gerissen, so dass es keinen Ausweg mehr gab.

Ich sprach mit einer Deutschen, die mit einer Griechin Kontakt hatte, um deren sexuelle Attraktivität und Aktivität zu überprüfen.

Frage: „Ulla, wie war das mit der Griechin?"

Ulla: „Wow, die hatte echt geile Augen."

Frage: „Und was hat sie mit den Augen gemacht?"

Ulla: „Geguckt."

„Danke."

Hinsichtlich des Trinkverhaltens der griechischen Lesbe ist noch anzumerken, dass sie genauso viel Ouzo verträgt wie ihr Vater. Scheinbar sind Väter doch nicht unabkömmlich. Allein wegen der alkoholverarbeitenden Gene, die sie weitergeben. Nachteil: Das Gen für Beinbehaarung wird auch weitergegeben und das ist nicht so schön.

Die österreichische Lesbe

Vor der österreichischen Berg- und Alm-Lesbe habe ich kapituliert. Ich habe sie weder verstanden, wenn sie ihren Dialekt über mich ergossen hat, noch wenn sie versucht hat, sich auf Englisch zu artikulieren. Ulla hat sich auch nicht an sie heran getraut. So wird sie uns für immer ein Rätsel bzw. ein Mirakel bleiben, wie sie selbst zu sagen pflegt.

Fassen wir zusammen, was es für gute und schlechte Gründe gibt, auf Lesbos Urlaub zu machen.

1. Sex am Strand ist wie Körperpeeling.
2. Wir lassen die Hausarbeit mal Zuhause liegen, wo sie hingehört und wenn man im Urlaub ist, kann man auch keinen Dreck machen.
3. Wir sparen das Wassergeld für die Toilettenbenutzung in der eigenen Wohnung.
4. Aspirin ist in Griechenland sehr günstig.
5. Andere Länder, andere Titten.
6. Wir lernen viele unterschiedliche Biergraphien kennen.
7. Rosafarbene T-Shirts sollte man einer haptischen Kontrolle unterziehen, bevor man sie ausziehen möchte.
8. Nutzung der kostenlosen Pidgin-Englischkurse.

Solltet Ihr Euch also für einen Aufenthalt in Skala Eressos auf Lesbos entschieden haben, empfiehlt es sich, anschließend einige Wochen auf der Rentnerinsel Hiddensee zu buchen. Abschließend möchte ich darauf hinweisen, dass ein Urlaub auf Lesbos grundsätzlich als Grenzerfahrung zu bewerten ist. Grenzerfahrung insofern, als ich eines Nachts sogar beschloss, heterosexuell zu werden, da ich mich für meine lesbischen Mitmenschen zu schämen begann. Und das kam so.

Von der Lesbe zur Krete

Wenn nachts in Skala Eressos auf der griechischen Insel Lesbos am Strand ein Feuer lichterloh brennt, dann ist es wieder so weit. Zahlreiche Generationen von Lesben begeben sich auf die Suche nach den Wurzeln ihrer Gebärmütter.

Der Tanz mit dem Feuer am vom Vollmond silbern strahlenden Sandstrand ist ein traditionelles Ritual. Es heißt „Nackte Nacht“ und ist Spiritualität in Reinkultur.

Hollywood-Filme heißen „Der mit dem Wolf tanzt“ oder „Das Schweigen der Lämmer“. Dieses einzigartige Happening könnte man getrost „Wenn der Wolf im Schafspelz hüpft“ oder schlicht „Die mit dem Feuer fickt“ nennen.

Wir stellen uns jetzt einmal vor, wie 30 Lesben verschiedener Nationen um ein Lagerfeuer tanzen und dabei zu singen versuchen. Hin und wieder hören wir eine deutsche Stimme leise trällern: „Ich bin so heiß wie ein Vulkan. Hu-hu-hu-hu. Und heut verbrenn ich mich da-rahn.“ Das bin ich. Ich versuche dem Brauchtum zu entsprechen.

Samani, Somine und Simano[4] von der meditativen Mittelmeer-Mösenmafia[5] treten aus dem Kollektiv her-

---

[4] Die Namen wurden von den Betroffenen selbst geändert. Vormals hießen sie ganz simpel Sabine, Michaela oder Anja. Oft steckt eine ganz schlimme Kindheit dahinter, wofür sie ja nichts können...

[5] Liegt Griechenland am Mittelmeer? Wir wissen es nicht. Ich glaube, Lesbos liegt an der Ägäis, aber daraus ergibt sich keine Alliteration mit Mösenmafia. Die Mösenmafia, dies noch einmal zur allgemeinen Erläuterung, ist ein Verband gleichgesinnter lesbischer Frauen, die ein gemeinsames Feindbild entwickeln. Diese Feindbilder können unterschiedlichen Ursprungs sein. Ich

vor und gebärden sich orgiastisch zum Vollmond vor einem ambivalenten Publikum. Samani reißt sich jetzt zum Klang einer mit echtem Büffelinnen-Leder beschichteten Trommel die Kleider vom Leib. Sie ist eine Osho-Anhängerin. Als ich sie mal fragte, wer Osho ist, („Ist das nicht der, der die ganzen Rolls Royce gesammelt hat?") bekommt man eine nonverbale Antwort. Also keine.

Samani ist von ihrer Gebärmutter ergriffen. Ja, sie hat scheinbar ein richtiges Gebärmutter-Trauma, so sehr schüttelt sie sich. Ihr Unterleib fickt, wie vom Teufel ergriffen, das Feuer.

Alle anderen treten voller Ehrfurcht zurück. So auch ich. Aber mein Motiv ist ein anderes. Keine Hochachtung. Keine Ehrfurcht, sondern schlicht und ergreifend die Angst, Samanis lange blonden Haare könnten Feuer fangen. Nein, nicht das Haupthaar...

Plötzlich beteiligen sich die anderen an dem Tanz. Vorsorglich entferne ich mich unauffällig mehrere Schritte, so dass ich nur noch im Schatten des Spektakels stehe. Ich fühle mich wie eine Reporterin. In meinem Kopf schmettern Kommentare, wie sie nur bei Spiegel-TV zu hören sind: „Die Tänzerin entlädt sich ihrer angestauten Energie. Hier auf Lesbos entfaltet sich Weiblichkeit. Hier auf Lesbos liegt der Ursprung

---

bin zum Beispiel immer das Opfer der Mösenmafia, die sich rund um meine jeweilige Ex-Freundin versammelt. Die Mitglieder gucken mich dann böse an und manchmal rempeln sie auch. Niemand aus der Mösenmafia darf mit mir sprechen. Das hört sich jetzt schlimmer an, als es ist. Schließlich habe ich eine eigene Mösenmafia. Die Mittelmeer-Mösenmafia grenzt sich pauschal von dem allgemeinen Begriff der Zivilisation ab. D.h. hier wird weder geduscht noch gearbeitet.

weiblicher Lust. Frauen auf der Suche nach sich selbst. Ein Kampf mit den Gewalten der Natur. Das Feuer – ein Zeichen für Gefahr? Für Männlichkeit?“

Wir wissen es nicht. Ich bin ratlos. Ich will nicht länger lesbisch sein. Ich will eine Krete werden oder eine Same. Aber um nichts in der Welt will ich einen weiteren beschissenen Tag in meinem Leben eine Lesbe sein.

Ich verlasse den Strand und beuge mich meiner Verzweiflung, indem ich mit jedem Schritt eine Sandwolke in die Luft trete. Ein imaginärer Fußball. Aber viele Lesben spielen Fußball. Also will ich auch keine Sandwolken mehr in die Luft treten. Ich bin auf der Suche nach einem Lesb. Nach einem Mann, der auf Lesbos lebt. Ein echter Grieche, der niemals mit dem Feuer ficken würde, sondern nur mit einer echten Frau. Also beschließe ich, eine echte Frau zu werden. Ich spiele in meiner Phantasie damit, eine Griechin zu sein, die leider infolge langjähriger Auslandsaufenthalte nur zwei Vokabeln beherrscht: ‚Hallo‘ und ‚Prost‘, also: ‚Yia sou‘ und ‚Yia mas‘.

Wieder im Ort angelangt, setze ich mich in die nächstbeste Bar und sage: „Yia sou.“ Niemand nimmt von mir Notiz. Was mache ich denn nun schon wieder falsch? Ihr blöden Griechen, denke ich. Wenn ihr auf lange blonde Haare steht, dann müsst ihr an den Strand. Da steht so eine. Die fickt aber nicht mit euch, sondern nur mit dem Feuer!

Ich entscheide mich für eine femininere Sitzhaltung. Meine Beine lege ich so übereinander, dass sich der rechte Fuß von vorne kommend hinter der linken Ferse einklemmt. Das sieht zwar verkrampft aus, aber Männer stehen auf so etwas, da bin ich mir sicher. Dann sehe ich auf mein Bier, das ich fälschlicherweise ohne Glas geordert habe. Ich nehme einen kurzen und kleinen Schluck. Im nächsten Moment will ich mir eine Zigarette anstecken. Meine Hand legt sich schützend um die Flamme aus dem Feuerzeug. Dies ist eine lesbische Geste, bei dem Frauen ihr sekundäres Geschlechtsorgan, die Hand, öffentlich präsentieren.[6] Ich bemerke dies im letzten Moment und tue so, als würde ich mir den Nagellack trocken pusten.

Plötzlich zwickt mich etwas am Po. Es ist mein Portemonnaie, das ich unauffällig aus der hinteren Hosentasche befreie. Darin befinden sich abgelaufene Kreditkarten und Adressen auf Bierdeckeln aus den Jahren 1986 bis heute.

Jetzt passiert etwas, das mich sichtlich aus der Fassung bringt. Vor Schreck erliege ich einem Anfall ostsibirischen Bröckelhustens. Ein Mann interessiert sich für mich, so wie Gott mich geschaffen hat, bzw. so, wie ich dort sitze, die Beine verkrampft, mich für die Flasche Bier schämend, von der ich nicht zu trinken wage, weil ich kein Glas besitze, von der ich nicht trinken darf, weil ich feminin sein möchte.

Er heißt Costas. Wie alle Griechen. Und er spricht Englisch mit mir, nachdem er festgestellt hat, dass ich tatsächlich keine anderen griechischen Vokabeln als ‚Hallo' und ‚Prost' kenne. Das Prost erweist sich als

---

[6] Männer haben es da schwerer. Sie müssen sich große, teure Autos kaufen. Heterosexuelle Frauen dagegen machen mit lautem Schuhwerk und hohen Absätzen auf sich aufmerksam.

völlig überflüssig, denn ich trinke ja nichts. So viel Manieren will ich mir schlussendlich selbst beweisen.

Man muss mir zu Gute halten, dass ich wirklich nicht weiß, wie man mit Männern flirtet. Deshalb sage ich:

„Are you a real lesb?"

Womit ich mich versichern will, dass ich es nicht mit einer Lesbierin zu tun habe. Von denen habe ich ja die Schnauze gestrichen voll.

Costas lacht, aber er scheint irgendwie nichts verstanden zu haben. Ich neige meinen Kopf zur Seite und überlege, was in ihm vorgeht. Das ist mein größtes kommunikatives Problem. Ich versetze mich ständig in die Gedanken meines Gegenübers und meine, ich könne es besser verstehen, wenn ich die Welt aus seinen oder ihren Augen zu begreifen versuche. In Costas grünen Augen schimmert eine schelmisch-nervöse Komponente, die mich ahnen lässt, dass er sich hilflos fühlt. Er weiß offenbar nicht, worüber er mit mir reden soll. Sein Blick wirkt ratlos. Ich muss ihm helfen. Aber es gibt Unterschiede zwischen den Kulturen und den Geschlechtern. Diese Lücken muss ich schließen. Ich muss versuchen, eine gemeinsame Basis herzustellen, Themen zu finden, die uns beide interessieren, Fragen finden, die ihn animieren, mir von sich zu erzählen.

Die Strategie, mich in ihn hineinzuversetzen, schlägt zweifellos fehl. Ich vermittele ihm damit das Gefühl, er spräche und flirte mit einem Mann. Er mag ja ein Lesb sein, aber auf gar keinen Fall ein Schwul! Doch wie zum Teufel verhält sich eine Frau im Gespräch mit einem Mann? Was interessiert einen Mann? Und ich mache einen Fehler nach dem anderen. Ich frage ihn, was er für ein Auto fährt.

Einen Toyota, sagt er, was einer Katastrophe gleichkommt, denn auch ich fahre einen Toyota, womit ich mich bei meinem Lieblingsthema befinde.

„Wie viel PS?“

Anschließend gebe ich damit an, dass mein Toyota in der Pannenstatistik des ADAC immer auf Platz 1 steht, so als hätte ich das Fahrzeug selber gebaut. Dabei weiß Costas unter Garantie nichts mit der A-DAC-Pannenstatistik anzufangen, was ich wiederum nicht bemerke, schließlich bin ich in meinem Element. Ich entfalte eine Form von subtiler Dominanz in dem Gespräch und fahre fort:

„210.000 km bin ich schon mit dem Teil gefahren. Ist echt der Hammer! Das geht nicht kaputt. Das glaubt mir kein Mensch!“

Costas schaut mich fragend an.

„Nee, ist echt mein Ernst, oder soll ich Erna sagen, weil wir auf Lesbos sind?“ Ich schlage mir auf die mittlerweile sorglos gespreizten Schenkel ob meines vermeintlichen Wortwitzes, den er wieder nicht versteht. Rückblickend leuchtet mir das ein, denn auf Englisch lautet der Satz nach meiner auf Halbwissen basierenden Übersetzung:

„That is my Ernst, or shall I say Erna because we are on Lesbos?“

Unsere Kommunikation fußt auf multikausalen Missverständnissen. Erfahrungsgemäß redet nicht nur der Mund; der Körper spricht mit. Von dem Moment an, in dem ich die Beine gespreizt habe, trinke ich schon wieder Bier aus der Flasche. Auch scheint die sprachliche Barriere nicht länger existent zu sein. Ich rede wie eine personifizierte Frauenzeitschrift um mein Leben. Oder vielleicht eher wie ein Redakteur des Playboys?

Jetzt frage ich nach seinem Lieblings-Fußballverein. Vor dem Hintergrund, dass ich überzeugt bin, Männer interessieren sich hauptsächlich für Fußball. Als er Athen sagt, zähle ich ihm auf, von welchen deutschen Mannschaften Athen schon geschlagen worden ist, so als ginge es darum, nachträglich nationale Trophäen einzusammeln. Damit wecke ich erheblichen Zweifel an meiner künstlichen Existenz als heterosexuelle Person. Sein Blick wird zunehmend skeptischer. Doch wen wundert das? Mit jedem Wort, das meinem Mund entweicht und mit jeder Geste, die meinem Körper entflieht, vernichte ich das klassische Verständnis von Geschlechtlichkeit und schaffe etwas Neues, Undefinierbares. Gepaart mit dem Versuch, dennoch feminin zu wirken, mutiere ich zu einer androgynen Transe, wie mir scheint.

Als ich bei dem Thema Frauen anlange und behaupte, ich stehe auf feste Brüste und geile Ärsche, starrt er mich entrüstet an. Hier halte ich inne und versuche, mich meines Ziels zu erinnern. Doch alles, was mir zu meiner Entschuldigung einfällt, ist:

„Ich werde wohl nie eine Krete werden." Auf englisch: „I will never become a Kreta."

Jetzt zieht er die Augenbrauen fragend hoch und sagt: „Sorry?"

So funktioniert das nie. Ich verabschiede mich, stehe auf, stecke die Hände in die Hosentaschen und senke infolge meines Scheiterns den Kopf. Ich will zurück an den Strand. Ich will auch lernen, das Feuer zu ficken. Mir bleibt ja nichts anderes übrig, denn eine Lesbe ist eine Lesbe ist eine Lesbe, wie uns Gertrude Stein vermutlich durch die Blume zu verstehen geben wollte.

Kennstu? Weißtu?

Vielleicht sollten zwei in den Grundzügen zivilisierte Stadtlesben nicht unbedingt in die Türkei reisen, um dort eine Woche Urlaub zu verbringen, aber ich zupfe mir ja auch die Augenbrauen, obwohl es nachweislich ein autoaggressiver Akt ist. Außerdem versprach der Prospekt der türkischen Reiseverkehrsfachfrau am Flughafen einen isolierten Bettenbunker mit Halbpension, in dem – je nach dem, was wir verlangten – alles zu haben sei.

„Wollt ihr Disco? Da ist viel Disco."

„Nein, wollen wir nicht, wir wollen unsere Ruhe."

„Ah, wollt ihr Ruhe! Da ist viel Ruhe."

Mit der Erfahrung einer weit gereisten Pauschalterroristin fragte ich noch nach dem Blick auf das Meer. Spätestens hier hätten wir von der Buchung Abstand nehmen sollen, denn sie zeigte mit dem kleinen Patschefinger im Prospekt auf die Westseite des Hotels willkürlich auf eines der tiefer gelegenen Zimmer im absoluten Halbschatten.

„Da hab isch gewohnt. War immer Sonne und überall Meer. Überall!"

Als wir sie mit den Tickets in der Hand verließen, kam die berechtigte Frage auf, ob wohl alle Reiseverkehrsfachfrauen schon in allen Hotels Urlaub gemacht haben, die sie tagtäglich anbieten. Erste Zweifel machten sich breit. Zweite folgten.

Zugegeben: Wir kennen viele Türken in Deutschland, haben bestimmt schon mehr Döner Kebabs gegessen als eine anatolische Feldarbeiterin und wissen auch, dass Atatürk ein bedeutender türkischer Politiker war. Wann er gelebt hat oder ob er noch lebt, wissen wir nicht so genau, aber so ist das mit Politikern. Doch wie es in der Türkei der Gegenwart aussieht, davon wussten wir nicht wirklich etwas. Das zeigte sich schon in der Frage nach der Währung und ob die Türkei denn nun in der EU sei oder noch nicht. Woher soll man das auch wissen? Das sagt einem ja auch keiner!

Das Hotel liegt tatsächlich direkt am Meer und wenn man um die Ecke des Balkons blickt, sieht man auch Wasser. Es ist sauber, das Essen ist lecker. Im frisch gestrichenen Swimmingpool kann man Trockenübungen absolvieren, und das ist auch gut so, schließlich ist es kalt und es regnet. Die Mitbewohner unseres als Hotel getarnten Seniorenheims können getrost als Friedhofsgemüse bezeichnet werden, insofern haben wir auch unsere Ruhe, und der Fernseher auf dem Zimmer mit den deutschen Programmen gibt uns das Gefühl von Heimatverbundenheit. Alles ist prima.

Bis auf: Kennstu? Und: Weißtu? Kennstu und Weißtu, das sind Ali und Mustafa, Haider und Osman und wieder von vorne. Kennstu und Weißtu geben uns permanent das Gefühl, einzig und allein auf zwei Paar Titten reduziert zu sein. Kennstu und Weißtu wiederholen sich. Sie sagen zum Beispiel:

„Weißtu? Nadia. Ist schöner Name." Die Antwort darauf lautet mittlerweile routiniert:

„Ja, Toilettenpapier heißt auch oft so." Dann wieder eine Frage:

„Weißtu? Gibt es viele Nadia in Deutschland?" Freundlich erwidere ich:

„Ach ja, so fünf oder sechs."

Eigentlich verstehen sie nie, was man antwortet. Sie gucken uns schließlich nur auf die Titten. Wir verstehen ja auch nicht, was die sagen wollen. Als wir uns kulturinteressiert nach dem Befinden von Atatürk erkundigt haben, war uns danach immer noch nicht klar, ob er nun noch lebt oder bereits tot ist. Ali äußerte sich ungefähr wie folgt:

„In eintausendneunzehnhundert..." Da verließ ihn seine Zahlenkenntnis und uns die Geduld.

Wir erwarten ja auch gar nicht, dass unsere türkischen Basarbetreiber oder Barkeeper im Hotel deutsch sprechen. Schöner wäre es, wir könnten uns überhaupt nicht verständigen, dann hätten wir tatsächlich unsere Ruhe. So haben wir nach drei Tagen beschlossen, das Hotelzimmer nicht mehr zu verlassen. Überall lauern Kennstu und Weißtu. Kennstu arbeitet hinter der Hotelbar. Wie ein sabberndes Murmeltier mit dicken Klöten nach dem Winterschlaf stürzte sich Kennstu auf uns, als wir die Bar zum ersten Mal betraten. Es dauerte keine fünf Minuten und er wollte uns in Discos entführen, an den Strand zum Lagerfeuer einladen, seine Stadt zeigen und zwischendurch wie beiläufig seinen kleinen Pillermann. Vorher fragte er jedoch noch gewissenhaft:

„Hast Du Freund?"

Wenn wir jetzt noch mal höflich gefragt werden sollten, ob wir Freund haben, schneiden wir Fotos von dicken Deutschen aus der Zeitung aus, kleben sie ins Portemonnaie und sagen dann:

„Kennstu? Das ist mein Udo." Oder: „Weißtu? Das ist mein Heinz."

Dolores

Ich bin eine Fußball-Lesbe beim FC Dortmund-Persebeck. Jetzt ist es raus. Manche Menschen haben komische Vorstellungen von Fußball-Lesben. Man sagt, die hätten keine Manieren und die wären nur geringfügig feminin. Das stimmt in gewisser Hinsicht. Aber wenn sie feminin wären, dann wären es ja Fußball-Heten und keine Fußball-Lesben mehr.

Eines Tages kam Frau Ackermann nach dem Training ins Vereinsheim. Frau Ackermann ist unser Mannschaftskapitän. Wir nennen uns alle beim Nachnamen. Dadurch fühlen wir uns erwachsener. Sie hatte ein Super-Schnäppchen in der Tageszeitung entdeckt. Zwei Wochen Lanzarote, Halbpension, Last Minute, 500 Euro. Da haben wir sofort zugeschlagen. Frau Ackermann vom Angriff, Frau Fröhlich aus der Abwehr, Frau Gerte und ich. Unsere Jüngste, Frau Gerte, spielt im Mittelfeld, wenn sie nicht verletzt ist. Meistens sitzt sie mit mir auf der Bank. Ich bin Frau Hübner, die Auswechselspielerin, weil ich angeblich zuviel rauche, sagt der Trainer.

Spanien. Die Idee fanden wir geil. Ich musste sofort an Dolores, Monica, Mercedes... na, an so richtige spanische Rasseweiber mit ordentlich Holz vor der Hütte denken. Doch ich entwickelte auch schnell Einwände. Man hört ja so viel von deutschen Touristen, die sich im Ausland nicht benehmen können. So Ballermann-Typen und Kegel-Klübbe oder wie heißt die Mehrzahl von Klub? Als Fußball-Lesben konnten wir unmöglich ins Ausland reisen. Deshalb machte ich den Vorschlag, uns als Verein allein erziehender Mütter

Westfalen Lippe e.V. auszugeben. Das würde uns, so argumentierte ich überzeugend in meinem Plädoyer, eine gewisse Reife verleihen und implizieren, dass wir auch imstande sind, Verantwortung zu übernehmen. Für unsere Kinder zum Beispiel.

Die pfiffige Frau Fröhlich fragte berechtigt skeptisch, wo wir denn im Urlaub unsere Kinder hätten.

„Na, beim Vater," schlug Frau Gerte spontan vor.

„Ich dachte, wir sind allein erziehend?" warf Frau Ackermann ein und nahm einen großen Schluck Bier aus ihrer soeben geöffneten Flasche. Sie wischte sich mit dem Handrücken einen Tropfen vom Kinn.

Ich beschwichtigte meine Kritikerinnen. „Ist doch egal. Wenn uns jemand fragt, dann sagen wir einfach, die Kinder seien im Urlaub auf Usedom."

Frau Fröhlich und Frau Ackermann nickten. Frau Gerte dagegen wollte wissen, was Usedom auf Spanisch heißt. Aber so ist sie. Blond und immer auf der Suche nach der Wahrheit.

„Das Stichwort lautet Weiblichkeit," diskutierte ich weiter. „Wir müssen unsere Mitmenschen davon überzeugen, dass wir uns feminin verhalten können. Also: Kein Fluchen, kein Schreien in der Öffentlichkeit und bitte nicht so viel trinken. Nur so haben wir eine echte Chance, Sympathien zu gewinnen."

Nun sind Frau Fröhlich und Frau Ackermann ein Paar. Das erkennt man daran, dass sie kaum noch voneinander zu unterscheiden sind. Sie haben den gleichen Haarschnitt, vorne etwas kürzer, hinten etwas länger, und neulich haben sie sich bei Tchibo sogar identische Trainingsanzüge gekauft. Meine Ausführungen zum erfolgreichen Flirten betrafen also in erster

Linie Frau Gerte und mich selbst. Frau Gerte leckte sich gedankenverloren über die Lippen und träumte von wildem, ungebändigtem Sex mit einer Ibererin. Ich nahm mir fest vor, sie zu verkuppeln, sobald ich meine eigenen Bedürfnisse abgedeckt haben würde. Und so planten wir noch die ganze Nacht hindurch.

Heute früh war es dann endlich so weit. Olé, wir fahr'n in' Puff nach Barcelona! Zur Zeit stehen wir jedoch kurz hinter Dortmund im Stau. Frau Fröhlichs Papa bringt uns zum Frankfurter Flughafen. Ich glaube, der weiß noch nicht, dass seine einzige Tochter, das Fräulein Fröhlich, heimlich mit Frau Ackermann kopuliert.

Jetzt meckert Frau Ackermann. „Wir kriegen am Flughafen bestimmt keinen Parkplatz."

„Macht doch nichts," kontert die Fröhlich, „so wie es aussieht, kommen wir da überhaupt nicht an."

Frau Gerte probt sich in Feminität. Sie moniert, dass ihre Kosmetikerin in Pension gegangen sei, so dass sie vor dem Urlaub leider keinen Termin mehr bekommen hätte. Das klingt so überzeugend, dass ich es nicht auf mir sitzen lassen kann und es zu toppen versuche.

„Ihr wisst ja gar nicht, was mir neulich passiert ist!"

„Na, Deine Kosmetikerin ist bestimmt nicht in Pension," muss ich mir von Frau Ackermann anhören. „Die ist noch gar nicht geboren."

Gegröle.

„Darf ich bitten, meine Damen!" ermahne ich meine Reisebegleitung. „Nein, viel schlimmer. Als ich vergangene Woche im Fingernagelstudio sitze, da bricht mir doch ein Nagel ab und landet direkt in meiner Handtasche. Wir haben eine Stunde gebraucht, ihn aus den 27 Lippenstiften heraus zu kramen."

Schallendes Gelächter. Wir stellen uns vor, wie wir mit Lippenstift aussehen. Nur Herr Fröhlich begreift mal wieder nicht, worum es geht.

Plötzlich wird es still im Auto. Wir werden sentimental, weil wir das Sauerland im Nebel passieren. Unsere Blicke streifen die hügelige Landschaft. Werden wir sie je wiedersehen?

Ich unterbreche das Schweigen. „Gibt es ein Bütterken?"

Frau Gertes Mutti hat uns Brötchen mit Ei geschmiert und Schnitzel in die Proviant-Tasche gesteckt. Es ist 6 Uhr morgens. Guten Appetit. Aber so ist der Westfale. Lieber würde er ein Flugzeug verpassen, als ohne Lebensmittel im Stau zu stehen. Er unterzuckert leicht und wird dann unerträglich.

Endlich. Der Flughafen. Wie vier aufgescheuchte Hühner verlassen wir das Auto von Papa Fröhlich. Kaum ist er weg, instruiere ich die Mitglieder unseres neu gegründeten Vereins in situationsadäquatem Verhalten:

„Kreischen, kreischen, kreischen, meine Lieben! Wir sind jetzt richtige allein erziehende Mütter aus Westfalen-Lippe." Alle quieken los. Das hört sich schon ganz gut an. Ein wenig mehr Sopran und wir gehen als Frauen durch. Wenn wir doch nur versuchen würden, ohne diese idiotischen Kappen auszukommen. Der sportive Bekleidungsstil ist dominant. Turnschuhe, Jeans und Sweatshirts, auf denen namhafte Sportartikelhersteller in eigener Sache werben. Wir haben die

Sommerkollektion von H&M vergessen. Luftige, schicke Kleidchen mit freizügig ausgeschnittener Rückenpartie aus der Damenabteilung.

Wir brechen auf und suchen den Schalter.

„Haltet Euer Gepäck fest," schimpft Frau Gerte mit uns. „Meine Mama sagt, hier in Frankfurt wird geklaut!" Und so schnallen wir unsere Rucksäcke vor die Brust, womit wir das einzige phänotypische Indiz für unsere Weiblichkeit zunichte machen.

Es dauert noch eine Weile, bis wir einchecken dürfen, weil wir drei Stunden zu früh dran sind. Also setzen wir uns in das Flughafen-Restaurant. Frau Gerte bestellt ein Ei, weil ihr die Eier von dem Ei-Brötchen zuvor allesamt in den Schoß gefallen sind.

„Ey, Ackermann," blökt sie. „Das Ei hat jetzt zwei Euro gekostet!" Mir läuft ein Schauer den Rücken hinunter. Frau Gerte beweist ganz fürchterliche Manieren, hatte ich ihr doch ausdrücklich untersagt, unsere Namen ohne das feminisierende ‚Frau' davor zu rufen.

„Eine Frau sagt nicht ‚ey'", erkennt Frau Ackermann geschult. „Aber du hast Recht, das sind beschissene Preise. Da kriegste ja bei uns in Westfalen ein ganzes Huhn für!"

Frau Fröhlich flüstert: „Beschissen sagt man auch nicht."

Im weiteren Verlauf des Gesprächs stellen wir fest, dass der Kaffee 2,50 Euro kostet. Mit Milch sogar 4,20 Euro. Der Kauf einer sauerländischen Milchkuh drängt sich auf. Die würde sich am Flughafen im Handumdrehen amortisieren.

Frau Ackermann wird zickig. Sie spart für ihr Leben gern. „Im nächsten Urlaub nehmen wir eine Kaffeemaschine und eine echte schwangere allein erziehende Mutter als Milchspenderin mit."

Während Frau Gerte noch darüber nachdenkt, wie man die Milch für den Kaffee aus der schwangeren Mutter herausbekommt, geht Frau Ackermann auf die Toilette.

„Ich muss mal eben kacken."

„Pscht!" Frau Fröhlich und ich erheben die Zeigefinger und legen ihn auf unsere Lippen.

„Eine Dame sagt so etwas nicht!"

„Tut mir leid," säuselt sie und verschwindet in der Menge. Da habe ich mir ja etwas eingebrockt. So gibt das nie was mit meiner spanischen Dolores...

Das gefällt uns. Seit einer guten halben Stunde sitzen wir im Flieger und haben schon für ein Tausendstel des Flugpreises Leistungen in Form von vier Bieren und Erdnüssen in Anspruch genommen. Deklariertes Ziel ist es, mindestens einen Flugpreis von uns Vieren als materielle Entschädigung (flüssig oder kaubar) zurückzuerhalten. Die Stewardessen sind recht hübsch anzusehen, doch ich ermahne Frau Gerte, ihnen nicht mit offenem Mund hinterher zu starren.

„Und trinkt gefälligst aus dem Glas," meckere ich, während ich einen Schluck Bier aus der Dose nehme.

Als wir über Nordspanien sind, erwischt uns eine Stewardess beim Rauchen auf dem Klo. Jetzt meckert sie. Die kann uns einfach nicht leiden. Die wollte uns erst gar nicht an Bord lassen, weil wir vergessen hatten, unsere Koffer am Check-In Schalter abzugeben. Ich musste ihr die Geschichte von dem Verein allein erziehender Mütter Westfalen-Lippe erzählen und betonen, dass wir seit sieben Jahren keinen Urlaub mehr hatten.

„Sonst hätten wir bestimmt gewusst, wie das mit den Koffern geht," besänftigte ich die Stewardess. Die Idee trug ihre ersten Früchte. Mütter hatten ganz offensichtlich einen Bonus. So eine Art Behindertenbonus?

Wir sitzen wieder und essen schock-gefrorenen und schock-aufgetauten Eintopf. Frau Gerte rüttelt an meiner Schulter.

„Irgendetwas stimmt hier nicht."

„Warum?" erwidere ich ein wenig erschöpft.

Frau Gerte wirkt nervös. „Der Pilot sagt die ganze Zeit was von La Palma oder Palma de Mallorca. Ich versteh den so schlecht."

Tatsächlich. Wir sind auf dem falschen Dampfer.

„Fräulein?" ruft Frau Ackermann die zickige Stewardess. Sie kommt.

„Sagen Sie, sind wir ernsthaft in Gefahr? Hat man das Flugzeug gekentert?"

Frau Gerte korrigiert sie. „Das heißt geentert."

Und nun Frau Fröhlich: „Quatsch, das nennt man Meuterei!"

Die Uniformierte vermag uns zu beruhigen. Es läge keine ernsthafte Bedrohung durch Flugzeugentführer vor. Der Zwischenstopp sei eine planmäßige Landung.

Die Ankunft auf La Palma ist mit einem Flugzeugwechsel verbunden. Das bedeutet, dass wir unsere Koffer quer über das Rollfeld ziehen und schrecklich zu schwitzen beginnen.

„Hätten wir nicht im Sauerland Urlaub machen können? Da war es so schön diesig," eine meiner Begleiterinnen spricht mit sich selbst und mir damit aus der

Seele. Wir sind falsch angezogen. Unter den Jeanshosen bilden sich Rinnsale von Schweiß, die, (und daher kommt das Wort Rinnsal, ursprünglich hieß es Rinnsandale), nicht in die Sandalen entrinnen können. Sie bleiben am Oberschenkel kurz überm Knie hängen, die Rinnsale.

Ich folge Frau Gerte und sehe, dass sie einen gertenschlanken Popo bekommen hat. Das macht mich stutzig.

„Sag mal, Frau Gerte, hast du abgenommen?"

Sie dreht sich zu mir um und zieht verlegen die Augenbrauen hoch. „Wieso?"

„Gib es zu! Du hast heimlich eine Bikini-Diät gemacht!"

„Nein, ich, ich,..." jetzt stammelt sie. „Ich war bei der Ernährungsberaterin. Die hat gesagt, ich müsste abnehmen."

„Die Frauen Ackermann und Fröhlich!" rufe ich über das Rollfeld. „Frau Gerte war bei der Ernährungsberaterin!"

Frau Ackermann stolpert über ihren Koffer und lacht, bis sie hustet. Sie hat eine laute und dreckige Art zu lachen.

Der erste Spanier nähert sich unserer Reisegruppe. Wir sind die letzten aus dem Flugzeug. Er sieht gefährlich aus. Wir sollen uns beeilen, deutet er an. Das geht aber nicht, weil nun auch Frau Fröhlich lachend über Frau Ackermann gestolpert ist. Beide liegen dort auf- und untereinander, drunter und drüber, wie eine Außenstelle von Hoch-Tief. Es dauert eine Weile, bis sie sich entknotet haben. Frau Fröhlich trägt einen verhältnismäßig dicken Popo mit sich herum.

Irgendwie schaffen sie es, aufzustehen. Mit Tränen auf den Wangen erreichen wir das Flughafengebäude. Nur Frau Gerte muss weder lachen noch weinen. Sie schämt sich ein wenig, weil nun bekannt ist, dass sie tatsächlich bei einer Ernährungsberaterin war. Fußball-Lesben machen so etwas nicht.

Wir sammeln erste Eindrücke und beobachten die mitgereisten Touristen und die Einheimischen argwöhnisch. Der Spanier, das halten wir fest, hat keine Busse und er trägt sein Gepäck meist über das Rollfeld.

Wir schicken Frau Gerte zur Erkundung der örtlichen Tabakpreise in den Duty-Free Shop. Sie kommt mit einer Kalkulation zurück, die einen Durchschnittspreis von 1,15 Euro pro Schachtel ergibt. Andere Länder, andere Zigaretten. Ein Paradies für den sparfreudigen Mitteleuropäer.

Frau Gerte knabbert gedankenverloren an einem Schnitzel. Als eine Stimme aus dem Lautsprecher verkündet, dass der Flug fortgesetzt wird und wir wieder unsere Koffer über das Rollfeld ziehen, sticht mich eine Tsetsefliege in den Nacken. Ich befürchte, dass es eine Tsetsefliege war. Eine Stubenfliege kann es ja nicht gewesen sein. Wir sind ja nicht in einer Stube. Zurück im Flugzeug frage ich die Saftschlepperin, ob ich jetzt sterben muss. Sie verneint.

Geschafft. Vom Flughafen in Arecife bis zu unserer Hotelanlage war es nicht weit. Wir wohnen quasi direkt am Flughafen. Aber ich will mich nicht beklagen. Schließlich sind wir bereits seit 12 Stunden auf den Beinen. Dabei dachte ich, Lanzarote läge in Europa.

Frau Fröhlich und Frau Ackermann tragen sich gegenseitig über die Schwelle. Flitterwochen. Für Frau

Gerte und mich sind Flittchenwochen anberaumt. Als Singles können wir es uns leisten, über den Tellerrand zu schauen. Kumpelhaft schlage ich ihr auf die Schulter.

„Na, Zuckerpuppe? Sollen wir mal in den Supermarkt laufen und ein bisschen Bier kaufen?"

Es dauert eine Weile, bis wir den Supermarkt gefunden haben, obwohl er direkt am Ausgang des Hotels gelegen ist. Wir können ja nicht ahnen, dass der Supermarkt in Spanien anders heißt, nämlich Supermercado. Da wir beide mit Plastiktüten bepackt sind, fällt es uns schwer, feminin zu gehen und bei Dolores, der Rezeptionistin, die uns den Schlüssel überreicht hat, einen guten Eindruck zu hinterlassen. Dolores hat langes, schwarzes Haar und ebensolche Wimpern. Sie lächelt uns durch das Fenster der Rezeption an.

„Los," zische ich Frau Gerte an. „Wir müssen auch lächeln."

Gequält verziehen wir die Mundwinkel und heben einen schwer beladenen Plastiktüten-Arm zum Winken. Das war der Anfang, denke ich. Bald haben wir sie, die süße Dolores.

Als wir keuchend aufblicken, erkennen wir unser Apartment nicht wieder. Frau Fröhlich hat stolz eine Flagge gehisst. In schwarz und gelb prangt ein riesengroßes Exemplar einer Borussia-Dortmund-Fahne über unserer Terrasse direkt am Pool. Frau Ackermann hat nicht minder überzeugt von diesem Ausdruck lokalpatriotischen Gebärdens ihre Hände in die Hüften gestemmt. Des Meckerns bin ich überdrüssig und außerdem müde von der Reise. Man möge mir ein kühles Bier reichen und mich die Aussicht genießen lassen.

Jetzt sitzen wir auf weißen Plastikstühlen, blicken bei Windstärke 8 auf den Pool, dessen Wasser sogar Wellen schlägt und uns das Gefühl vermittelt, wir seien direkt am Meer. Hin und wieder nippen wir schweigend an unseren Bierdosen. Ich sehe in glückliche Gesichter. Da! Ein Flugzeug von links. Und da! Ein Flugzeug von rechts.

„Ach, ärgert euch nicht über den Lärm." Frau Ackermann versucht es diplomatisch. „Kommt. Wir rauchen noch eine. Kostet ja nix." Großzügig reicht sie uns ihre Schachtel dar.

„Kann es sein, dass der Wind mit raucht?" Frau Gerte bringt es auf den Punkt.

„Stimmt," kläre ich sie auf. „Deshalb sind die Zigaretten hier auch so billig. Die werden vom Staat subventioniert."

„Zubetoniert?" Frau Fröhlich hat etwas missverstanden. Wir reagieren nicht darauf.

Jetzt ist Frau Ackermann etwas anderes aufgefallen.

„Sagt mal, kann es sein, dass der gemeine Nordrhein-Westfale gerade Ferien hat?"

„Warum?"

Frau Ackermann hat sich in der Zwischenzeit der Jeanshose entledigt und zeigt freizügig Bein. Am Knie trägt Frau Ackermann ein Hämatom vom Koffersturz auf dem Flughafen in La Palma. Am Po trägt Frau Ackermann rot-grün gestreifte Boxershorts. Ich stelle mir vor, wie sie mit einem String-Tanga aussähe, verwerfe den Gedanken aber schnell wieder.

„Weil ich lauter kleine speckige Kinder sehe. Guckt doch mal, da hinten!“ Sie zeigt mit dem Finger auf eine Gruppe schreiender Kinderleiber.

In der Tat. Jedes zweite Blag trägt ein Borussia-Dortmund Trikot. Wir sind nämlich in diesem Jahr Deutscher Meister geworden.

„Ich befürchte, es wird das beste sein, die Fahne wieder abzunehmen, sonst müssen wir mit denen spielen.“ Ich ernte Zustimmung und Frau Fröhlich montiert ab, was sie zuvor so liebevoll über unseren Köpfen drapiert hatte.

Abendessen. Halbpension. Wir tragen abgeschnittene, ausgefranste Jeanshosen und bleiben mit den Oberschenkeln auf den Stühlen im Restaurant kleben. Das Essen ist miserabel. Aber die Bedienung gefällt uns sehr. Direkt im Anschluss an die Nahrungsaufnahme zeigen Frau Gerte und ich den Frauen Ackermann und Fröhlich den Supermercado.

Frau Gerte ist stolz ob ihres Vorsprungs in der spanischen Muttersprache.

„Was glaubt Ihr, was Supermercado heißt?“

Das Timing war schlecht, denn erstens hatten die beiden vor dem Betreten des Ladens das Schild gelesen und zweitens konnten sie nach der Besichtigung des Inhalts den Rückschluss ziehen, um was es sich dabei handelte.

Frau Ackermann tendiert zur Gehässigkeit. Sie sagt: „Ich könnte mir vorstellen, dass dies ein Supermarkt ist. Hab ich Recht?“

Frau Fröhlich muss sich am Getränkeregal festhalten, so dass alle Flaschen darin klappern. Ihr Körper bebt vor Lachen.

„Frau Gerte," jappst sie, „gib es zu. Du warst nicht nur heimlich bei der Ernährungsberaterin, du warst auch heimlich in einem Spanisch-Kurs." Jetzt prustet sie los.

„Contenance, meine Damen." Die Verkäuferin blickt uns mindestens so böse an wie die Stewardess.

„Ey," Frau Gerte hat schon wieder die Preise verglichen und deutet an, uns über günstige Gelegenheiten aufzuklären. Doch Frau Fröhlich kommt ihr zuvor und lallt: „Das heißt nicht ey! Das sagt man nicht." Sie kann sich kaum noch auf den Beinen halten. Ich bitte Frau Ackermann, ihre Verlobte unauffällig zu entfernen. Frau Gerte resümiert, dass der Gin auf der Insel noch billiger sei als im Duty Free Shop. Also kaufen wir ihn. Für den Fall, dass wir mal aus Versehen etwas verschütten, kaufen wir gleich zwei Flaschen.

Im Apartment stellen wir fest, dass unsere Getränke ungenießbar sind. Sie sind lauwarm. Der Kühlschrank hat nur einen Stern. Ist Lanzarote ein Entwicklungsland? Wir wissen es nicht. Das Reisebüro hat uns schließlich nur unzureichend informiert.

Als Bonbon zückt Frau Gerte eine V8-Kamera aus dem Koffer.

„Die hat meine Mutter mir geliehen. Da müssen wir vorsichtig mit umgehen."

Sofort beschließe ich, eine Reportage zu drehen. Deutsche Sextouristinnen auf den Kanaren. Betroffen trifft Besoffen. Aber niemand spielt mit mir. Meine Reisegruppe legt sich erschöpft nieder. So auch ich. Im Traum begegnet mir Dolores.

Saft für die Dame und Rotwein für den Herrn

Wir sind wieder einigermaßen nüchtern. Um 11 Uhr gibt es einen Begrüßungscocktail von unserer Reisegesellschaft. Die Reiseleitung heißt Katharina und redet wie ein Wasserfall. Das meiste davon verstehen wir nicht, weil Kinder schreien und Väter diese zu den Müttern reichen und Mütter wieder zu den Vätern.

Ich flüstere als Anspielung auf unseren Status der allein erziehenden aus Westfalen-Lippe e.V.: „Wir können froh sein, dass wir ‚unsere' Zuhause gelassen haben. Guckt euch das mal an. Die reinste Kinderverschickung ist das!"

Der Begrüßungscocktail ist eine Attrappe. Angewidert führen wir die kleinen 0,1 Liter Gläser an unsere Münder. Eigentlich müssen wir das ja nicht trinken, doch es ist umsonst und da können wir unmöglich nein sagen. Es gibt O-Saft für die Dame und Rotwein für den Herrn. Wir greifen automatisch zum Rotwein, obwohl Frau Ackermann schon beim Betreten des Saales bemerkt hat, dass er viel zu trocken riecht.

Katharina warnt uns vor den ortsansässigen Nelkenfrauen. Die seien hinterhältig, böse und kriminell. Die wollen nur das eine: unser Geld.

Frau Fröhlich unkt: „Gut, dass wir keins haben."

Frau Gerte befürchtet, man könnte ihr die Video 8-Kamera stehlen.

„Kein Problem," interveniere ich. „Dann bleibst du eben immer im Apartment und passt darauf auf."

Als sich die Runde im Empfangssaal der Hotelanlage auflöst, spielen wir, wer zuerst im Swimmingpool ist. Da wir aber cool wirken möchten, rennen wir nicht, sondern machen sehr, sehr große Schritte. Ich bin die letzte. Mir fällt auf, dass das ausgesprochen unfeminin aussieht.

Frau Gerte und Frau Fröhlich erinnern sich an die Worte ihrer Mütter. „Geht nicht in der Mittagssonne baden." Also ziehen sie sich auf die Couch zurück und meckern, dass es keinen Fernseher gibt. Frau Ackermann und ich lachen uns gegenseitig bei dem Anblick unserer sportiven Körper in Bademontur aus. Frau Ackermann trägt pink. Sie sagt, dass sei die Farbe der Saison. Ich trage einen schwarzen Bikini mit goldenen Versatzstücken. Das ist nicht minder aktuell. Aber woher sollen wir auch wissen, was modern ist? Wir leben ja nicht in Köln oder Berlin. Wir kommen aus Dortmund-Persebeck.

Im Wasser planschen wir sehr laut und werfen uns einen aufgeblasenen Ball aus dem Flugzeug zu. Am Rand des Pools hängt ein unübersehbar großes Schild, das uns mittels Symbolik ermahnt: „Ballspielen verboten".

„Guck mal," sage ich, und deute auf das Schild.

„Ach," Frau Ackermann ist voller Freude, „wir sprechen doch kein spanisch."

„Aber das ist doch kein spanisch. Das ist ein Bild," moniere ich.

„Ja," Frau Ackermann ist besserwisserisch. „Aber ein spanisches Bild."

Wir spielen weiter. Die ersten Hotelgäste finden uns ekelig und warten auf den Moment, in dem wir das

Schwimmbecken verlassen. Ich finde Jungs, die mit Bällen im Pool spielen, auch ekelig. Doch scheinbar kommt es immer auf die Perspektive des Betrachters an.

Zur Happy-Hour prahlt Frau Ackermann, sie habe die billigste Zigarettenmarke gefunden. Krüger heißt die und eine Schachtel kostet nur 50 cent. Was das umgerechnet sei, frage ich.

„Keine Ahnung, ich komme mit der Umrechnung nicht klar."

Eine Stunde später liegen wir am Strand. Hier gibt es sehr viel Sand, der uns um die Ohren fliegt. Es dauert nicht lange und wir quengeln. Alle wollen wieder an den Pool zurück, weil er so schön sauber ist. Bis auf Frau Ackermanns Haare habe ich dort wirklich nichts Anstößiges finden können. Auf dem Rückweg keuchen wir schwer. Die Hotelanlage befindet sich auf einem Hügel, damit wir die startenden und landenden Flugzeuge besser sehen können. Ich meine, aus Frau Fröhlichs Nasenlöchern kleine Restmengen Zigarettenqualm entweichen zu sehen.

„Ey," Frau Gerte hat eine Idee, die sie uns mitteilen möchte. Wir sitzen auf unseren weißen Plastikstühlen auf der Terrasse und blicken auf das blaue Wasser im Pool. „Sollen wir uns einen Mietwagen nehmen?"

„Morgen, Frau Gerte," Frau Ackermann schweben andere Dinge vor. Sie greift nach Frau Fröhlichs Hand und verschwindet mit ihr in den eigenen vier Wänden. Frau Gerte und ich gucken ratlos. Es gibt nichts

Schlimmeres als Pauschaltouristen, die nachmittags Sexualität erleben und den Nachbarn mit laszivem Stöhnen die Ruhe rauben.

„Was ist?“ frage ich die Gerte. „Noch einen Gin Tonic?“

Frau Gerte sagt nicht nein. Ich verwickele sie in ein Gespräch.

„Sag mal, Frau Gerte, wann hattest du eigentlich das letzte Mal Sex?“

Sie murmelt etwas, aber das verstehe ich nicht.

„Sag mal, Frau Gerte, warum murmelst du so? Du musst nach außen sprechen, nicht nach innen.“

„Grummel, grummel.“ Frau Gerte schaut auf ihre Füße und rührt mit dem Strohhalm im Drink.

Ich werde pampig. Keine Dolores, keinen Sex. Also piesacke ich Frau Gerte.

„Wenn du jemals eine Ich-Identität entwickeln möchtest, dann musst du nach außen sprechen. Deine Kommunikation muss auf andere wirken und dann auf dich zurückwirken. Du musst lernen, dich zu spüren. Komm, das üben wir jetzt mal. Sag laut und deutlich: Ich hatte schon lange keinen Sex mehr!“

Frau Gerte zögert. Dann sagt sie es. Aber ich verstehe sie immer noch nicht. „Los, sag es,“ fordere ich sie auf.

„Ich hatte schon lange keinen Sex mehr.“ Das war zwar nicht laut und hat auch keine Wirkung auf mich hinterlassen, aber ich lasse es gelten. Ein Anfang.

„Gut so. Wenn du jetzt noch lernst, deine Wünsche zu artikulieren und eine Ich-Botschaft zu entwickeln, dann wirst du ein richtiger Mensch.“

„Wie soll das gehen?“ fragt sie, und eine gewisse Neugierde in ihrer Stimme lässt mich aufatmen.

„Probier doch einfach mal, zu sagen: Ich will Sex!“

Frau Gerte errötet.

„Ist ja gut,“ sage ich. „Das üben wir ein anderes Mal.“ Nun tröste ich sie. „Wenn wir morgen mit dem Auto die Insel erkunden, dann kannst du ja hier bleiben und in Ruhe onanieren. Was hältst du davon?“

Sie kichert und beginnt, an ihrem Fingernagel zu kauen. Mit der anderen Hand dreht sie sich eine fiktive Locke in ihr schulterlanges, blondes Haar.

Tapas oder Poppers?

Gestern war es so weit. Nein, Frau Gerte hat nicht onaniert. Stattdessen haben wir uns einen kleinen Citroen AX gemietet. Mit ihm hatten wir das Gefühl, das Meer läge hinter jeder nächsten Kurve. Ich habe mir zwar einen Ford Siesta gewünscht, aber den gibt es angeblich gar nicht. Mittlerweile kennen wir die gesamte Insel, auch wenn wir viele Sehenswürdigkeiten nur im Vorbeifahren betrachtet haben.

Frau Ackermann schwärmt heute noch von den Feuerbergen.

„Die haben mir sehr gut gefallen. Die waren so, ...die waren so impulsant.“

„Impusant heißt das,“ wird sie von Frau Fröhlich korrigiert.

Selbstverständlich sind wir auch auf Dromedaren geritten. Aber nur, weil uns der Kameltreiber mit seiner Peitsche dazu gezwungen hat. Die Tiere taten uns leid. Die meisten hatten eine schlecht sitzende Frisur, abgeknickte Schnuten oder dicke deutsche Touristen auf dem Buckel.

Am Nachmittag im PKW hatte ich ein Burn-out-Syndrom.

„Ich will jetzt endlich mal mein Gesicht in die Sonne halten!“ schrie ich ohne Vorwarnung. Bei dieser ewigen Besichterei aus dem Auto wird man ja ganz blass!“

Wir einigten uns auf einen Kompromiss und kehrten in einer Strandbar ein, wo wir Tapas oder Poppers oder Knoppers aßen. Hektische Stresstouristinnen können einen enormen Appetit entwickeln. Als der Kellner die Rechnung brachte, schrie Frau Ackermann:

„Das Brot haben wir nicht bestellt, das bezahlen wir nicht!“

Eine deutsche Touristin vom Nebentisch wollte uns weismachen, dass das in Spanien so üblich sei.

„Ist doch egal,“ beruhigte ich meine kleine Reisegruppe. „Es ist doch alles so billig hier, und wenn wir es durch vier teilen, dann wird es noch billiger.“

Fiesta statt Siesta

Unsere wohl temperierte Hotelanlage lässt nichts zu wünschen übrig. Hier spricht man deutsch und wir können Nudeln mit Ketchup nach Herzenslust essen. Das haben wir mittags auf unseren Speiseplan gesetzt, weil wir allesamt nicht kochen können. Frau Ackermann und Frau Fröhlich kopulieren schon wieder. Ein Problem drängt sich auf.

„Du?“ fragt Frau Gerte und schaut mich an. „Wenn wir allein erziehende Mütter Westfalen Lippe e.V. sind, warum glaubst du, dass wir so mehr Chancen bei den Frauen haben?“

Gute Frage, denke ich. „Die Logik liegt hier im Detail,“ gebe ich zur Antwort.

„Ach so.“

„Na, komm, wir gehen mal an die Bar und flirten mit der Kellnerin.“ Ich nehme sie an die Hand und ziehe sie aus dem Plastikstuhl. „Vorher müssen wir aber noch in die Boutique.“

„Wieso?“ Frau Gerte versteht nicht recht, worauf ich hinaus will.

„Schau mal,“ erzähle ich ihr, als wir den Shop betreten, in dem man von der Taucherbrille bis zum Sommerkleid alles kaufen kann. „Manche Menschen haben komische Assoziationen, wenn sie an Fußball-Lesben denken. Gemeinhin hält man uns für unmöglich. Wir trinken angeblich zu viel, benehmen uns ungehobelt...“

Frau Gerte unterbricht mich. „Aber das stimmt doch auch.“

„Mag ja sein, aber Kleider machen Leute. Das sagte schon Gottfried Benn und er hatte Recht. Deshalb kaufen wir uns jetzt zwei hübsche, feminine Sommerröcke, damit Dolores uns richtig klasse findet.“

Für Frau Gerte wähle ich ein dunkelblaues, knöchellanges Trägerkleid mit roten Blumen aus. Ich entscheide mich für ein trägerloses kleines Schwarzes, das viel von meinen Beinen offenbart. Wir stehen gemeinsam vor dem Spiegel und stemmen unsere Hände in die Hüften. Frau Gerte ist fast einen Kopf größer als ich. Unsere beiden Schultern können sich mit denen von Leistungsschwimmern messen lassen. Irgendwie wirken wir komisch proportioniert.

„Hm," ich zögere. „Das ist vielleicht ein wenig overdressed für den Nachmittag, aber wer nicht wagt, der nicht gewinnt. Komm." Wir bezahlen und schreiten mit großen Schritten zur Tat.

Die einen machen Siesta, die anderen Fiesta. Etwas unbeholfen klettern wir auf die Barhocker. Die schöne Dolores hat Thekendienst. Frau Gerte möchte zwei Bier bestellen.

„Nicht doch," halte ich sie in letzter Sekunde davon ab. „Frauen trinken Cocktails." Also ordern wir zwei Sex on the Beach. Mit den Fingern umschließen wir die kunstvoll hergerichteten Gläser. Nun fragt Frau Gerte berechtigt in einem Flüsterton, wie man denn mit einer spanischen Kellnerin flirtet.

„Lass das mal meine Sorge sein," töne ich, und weil ich mir nicht die Blöße geben will, spreche ich Dolores an. Ich nehme meinen ganzen Mut zusammen und plappere einfach drauf los.

„Hola Dolores. Vamos a la playa aqui donde los picklos. Este es el restaurante aqui donde muchachas...? La cuenta por favor?! Gracias, el sol." Ich habe keine Ahnung, was das bedeutet.

Dolores lächelt mich an. Ich lächele zurück, bezahle und greife nach Frau Gertes Arm.

„Wow," lobt mich Frau Gerte. „Wo hast du denn so toll spanisch gelernt?"

„Los, komm." Draußen erzähle ich ihr, ich hätte eine Verabredung für sie mit Dolores arrangiert.

„Morgen Abend." Ich zwinkere ihr zu. „Dafür musst du jetzt spülen."

„Echt?" Frau Gerte kommt aus dem Staunen nicht mehr raus.

Psychosomatische Grippe

Frau Gerte hat über Nacht eine psychosomatisch bedingte Grippe entwickelt. Das ist die unbewusste Angst vor der Begegnung mit Dolores. Als ich Frau Fröhlich und Frau Ackermann von der Verabredung erzähle, lachen sie wieder laut los. Der Sinn dessen, was ich Dolores gegenüber geäußert hatte, könnte meiner eigenen Übersetzung nach ungefähr wie folgt lauten: „Hallo Dolores, wir gehen an den Strand hier wo die Pickel. Ist das das Restaurant hier wo Fräuleins...? die Rechnung bitte. Danke, die Sonne." Aber nichts Genaues weiß man nicht.

Frau Ackermann hänselt Frau Gerte.

„Wenn du jetzt krank bist, dann geht Frau Hübner eben mit Dolores aus. Oder sollen wir Dolores fragen, ob sie heute Abend auf dich aufpasst?"

„Untersteht euch," wehrt sich die kleine Frau Gerte. Sie ist ja noch so jung. 20 Jahre alt wird sie nächste Woche. Ich nehme sie in Schutz.

„Pass auf, ich sage Dolores ab. Ihr könnt euch auch später noch verabreden. Jetzt gurgel mal hier mit. Das ist Salzlösung." In dem Glas, das ich ihr darreiche, ist Wodka pur.

Frau Gerte prustet, Frau Ackermann prustet und eigentlich prusten wir alle. Auf die Perspektive des Betrachters kommt es an.

Sommernachtsfantasien

Die Nacht hat sich über Lanzarote gesenkt. Die letzten Flugzeuge kehren heim. In der Einflugschneise werden die Ampeln ausgeschaltet.

Ich habe die Frauen Ackermann, Fröhlich und Gerte jetzt weggeschickt, damit ich in Ruhe onanieren kann. Schnell, ich muss mir eine sexuelle Fantasie ausdenken, bevor die Verrückten wieder hier im Apartment stehen. Mit sexuellen Phantasien ist das so eine Sache. Die müssen sich langsam entwickeln. In meinem Kopf braut sich etwas zusammen. Eine richtig leidenschaftliche Geschichte soll es werden...

Es ist Samstag. Zum Abendessen im Restaurant gibt es Paella. Während ich erotisch an meinem Weinglas nippe, bemerke ich, dass Dolores mich beobachtet. Kokett schlage ich meine Beine übereinander, die aus dem neuen Kleid heraus ragen. Ihr langes schwarzes Haar und ihre schwarzen Augen machen mich schier wahnsinnig. Ich überlege kurz, wie ich sie ins Bett bekommen könnte. Plötzlich fällt mir ein, dass Frau Gerte heute Abend Ausgang hat. Es dürfte ein Leichtes sein, die rassige Spanierin in ein Gespräch zu verwickeln. Ich bitte sie, mir zu folgen. Sie hat einen adelig anmutenden Gang. Ja, sie schwebt förmlich über die Fliesen, die uns entlang des Pools zu unserem Zimmer geleiten. Unser Gespräch dreht sich um César Manrique, den berühmten spanischen Künstler und Architekten, der ganze Touristengenerationen auf Lanzarote begeistert hat. Mein Atem wird immer schwerer, je näher das Quartier für die Nacht in unsere Reichweite rückt. Als wir es betreten, deutet Dolores an, sich frisch machen zu wollen. Ich schaue durch das Schlüsselloch. Was sich mir dort bietet, entbehrt jeder Beschreibungsgrundlage. Doch ehe ich es in Worte fassen kann, bohrt sich der Türknauf in meine rechte

Augenhöhle. Oh, was für eine Kraft hinter diesem temperamentvollen und zugleich zarten Körper zu stecken scheint, erinnere ich mich noch, gedacht zu haben. Genau so eine Frau brauche ich heute.

„Wass ist passiert? Was mackst du da?“ fragt sie mich besorgt. Sie lispelt. Wie süß.

„Ich hab mich nur gebückt,“ stammele ich.

„Warum?“ fragt sie.

„Nur so.“

„Mama mia.“

Hm, grübele ich. Ist das nicht italienisch?

Mittlerweile bin ich sehr erregt. Jetzt, da ich zum Höhepunkt der sexuellen Phantasie ansetzen will, klopft es an der Terrassentür.

„Juhu!!“ grölt es von außen. „Wir sind's, mach auf.“ Meine allein erziehenden Mütter kehren heim.

Negerkusswettessen

Ich spüre, wie die Ausläufer von Frau Gertes psychosomatischer Grippe auf mich übergreifen. Für eine verpatzte Urlaubswoche stelle ich ihr 200 Euro in Rechnung. Außerdem kann ich nachts nicht schlafen, weil es so heiß ist.

Heute müssen wir Frau Gertes Geburtstag planen.

„Ich komme nur, wenn Frau Gerte mir eine schriftliche Einladung schickt.“ Frau Ackermann ist in dieser Hinsicht sehr pingelig.

„Ich wünsche mir Pommes zum Abendessen,“ erkläre ich. „Sonst bleibe ich Zuhause.“

Frau Fröhlich ergänzt die Wunschliste der Geburtstagsgäste um weitere schwer zu realisierende Absonderlichkeiten.

„Ich will Nudeln, Cola und Limo, Luftballons und Luftschlangen und einen Besuch bei McDonalds und Topfschlagen und Schokoladenessen."

„Schokoladenessen finde ich fies," reklamiere ich. „Ist doch viel zu heiß!"

Frau Ackermann schlägt alternativ vor, Negerkusswettessen zu spielen. Mir wird übel bei der Vorstellung.

Frau Gerte fühlt sich überfordert. Plötzlich springt sie aus ihrem weißen Plastikstuhl. Das hätte der Theatralik der Situation durchaus entsprochen, verkehrt sich aber wieder ins Komische, weil der Stuhl infolge übermäßigen Schwitzens an ihr hängen bleibt. Wir lachen schäbig, Frau Gerte steigt eine Träne ins Auge.

„Warte," sage ich. „Ich helfe Dir." Mit beiden Händen greife ich die Stuhllehnen und ziehe daran, so dass sie befreit ist. „Das war doch nur ein Spaß, Frau Gerte. Wir machen dir einen schönen Kindergeburtstag, nicht wahr?"

Frau Ackermann und Frau Fröhlich wischen sich die Lachtränen von der Wange und nicken.

Kindergeburtstag

Kindergeburtstag. Frau Gerte hat uns einen Sandkuchen gebacken, das heißt sie hat Sand in die Salatschüssel getan und Kerzen hinein gesteckt. Äußerlich wirkt sie richtig schick. Wie es *in* ihr aussieht, vermögen wir nicht zu sagen.

„Frau Gerte, du bist so schlank geworden! Ist das auch psychosomatisch bedingt?“ frage ich sie. Insgeheim plane ich, ihr nachts aus weibischem Neid heraus eine Chips-Infusion zu legen. „Oder hast du einen Wurm und kannst du mir den mal leihen?“

Nun sind es nur noch wenige Minuten bis zum großen feierlichen Akt. Ich halte eine Rede.

„Ein Jahrzehnt neigt sich dem Ende zu, Frau Gerte. Die schwersten Jahre hast du hinter dich gebracht. Du hast die Pubertät überstanden und stehst nun an der Schwelle zu einem verantwortungsvollen Erwachsenendasein. Schau mich an.“ Alle begutachten mich von oben bis unten. „So willst du nicht werden wollen,“ fahre ich fort. Die Runde stimmt mir zu.

„Also musst du dir gut überlegen, was wichtig für dich ist.“ Ich kann es mir nicht verkneifen, sie noch einmal auf ihre Ich-Identität anzusprechen. „Vielleicht hast du ja in diesem Urlaub gelernt, deine Wünsche zu artikulieren und dich selbst zu spüren. Sprich mir einfach laut und deutlich nach: Ich will was!“

Frau Gerte stutzt. „Ich will was? Was will ich denn?“

„Genau das ist dein Problem. Du weißt nicht, was du willst,“ kontere ich.

Jetzt schauen sich auch Frau Ackermann und Frau Fröhlich etwas ratlos an. Sie haben den roten Faden verloren. Frau Gerte versteht erst recht nicht, worum es geht. Sie fühlt sich unwohl. Um die Situation, in die ich uns selbst hinein manövriert habe zu retten, mache ich einen Vorschlag.

„Was haltet ihr davon, wenn wir Verstecken spielen?“

„Au ja.“ Frau Ackermann und Frau Fröhlich verstecken sich in ihrem Apartment. Erst Stunden später bekommen wir sie wieder zu Gesicht. Ihre Wangen sind errötet. Es ist nicht auszuschließen, dass sie Sexualität erlebt haben. Ich verstecke mich mit einer Taschenlampe unter meiner Bettdecke und lese die letzten Seiten meines Krimis. Als ich mit dem Buch fertig bin, mache ich: „Fieps, fieps, fieps.“ Endlich findet mich Frau Gerte. Ich gratuliere ihr. Zum Finden und zum Geburtstag. Den Rest der Nacht trinken wir. Unsere Köpfe sind schwer. Dieser Urlaub könnte langsam zu Ende gehen, denke ich. Doch zu diesem Zeitpunkt ahne ich noch nicht, welche spannenden Verwicklungen sich noch abzeichnen.

Muchos Besos

Es ist mitten in der Nacht. Ich wache auf, weil ich einen unerträglichen Durst verspüre. Ich kann nicht schlafen, ersticke fast. Als ich das Fenster öffnen will, muss ich feststellen, dass es bereits geöffnet ist.

„Frau Gerte,“ herrsche ich meine Zimmernachbarin an, „rück sofort das Wasser raus!“

Doch von Frau Gertes Bettseite kommt kein Röcheln wie sonst üblich. Ich tripple leise hinüber zu ihrer Matratze und sehe, dass das Bett leer ist. Ob sie auf Toilette ist, frage ich mich? Auf meinem Weg zum Bad springt mich eine Katze an. Ich erschrecke mich zu Tode. Sie muss durch das offene Fenster hinein geschlichen sein. Mit klopfendem Herzen verschaffe ich mir Zutritt zum Bad. Es ist dunkel. Als ich das Licht einschalte, bin ich alleine im Raum. Frau Gerte ist weg.

Wo zum Teufel steckt sie? Neugierig trete ich auf die Terrasse und auf den Innenhof. Ich wage nicht, ihren Namen zu rufen, da jeder Schritt auf den Kacheln am Pool in der Nacht hallt. Der Mond scheint. Ich blicke auf das Schwimmbecken und sehe einen regungslosen Schatten ganz hinten in der Ecke auf dem Wasser liegen. Plötzlich durchströmt mich ein merkwürdiger Gedanke. Frau Gerte wird doch nicht? Sie wird sich doch nicht ... ehe ich den Satz zu Ende denken kann, springe ich in den Pool und kraule in die Ecke, wo ich den Schatten zuvor gesehen habe. Als ich dort ankomme und nach dem Schatten greife, halte ich eine Luftmatratze in der Hand. Ich huste, habe Wasser geschluckt. Ein Haar hängt mir quer über das Gesicht. Frau Ackermanns Haar?

„So eine Scheiße," fluche ich. „Wenn ich die erwische!" Mit den Händen ziehe ich mich auf den Beckenrand. Es ist kalt draußen. Ich will sofort ein Handtuch holen. Auf dem Weg zurück zum Apartment höre ich ein verdächtiges Stöhnen aus dem Gebüsch hinter unserer Terrasse. Leise nähere ich mich dem Geräusch. Nur meine Füße machen „platsch, platsch, platsch." Jemand liegt auf dem Boden. Ich beuge mich vorn über und sehe etwas wirklich Unfassbares.

Frau Gerte und Dolores in eng umschlungener Pose. Küsse werden ausgetauscht, zwei Körper, die vor Lust vibrieren. Ich fasse es nicht! Die kleine Frau Gerte mit MEINER Dolores!

„So geht das aber nicht, meine Damen," unterbreche ich das Schäferstündchen. „Ich wäre fast vor Sorge um Frau Gerte in den Fluten ertrunken und ihr amüsiert euch hier zu Tode?!"

Frau Gerte und Dolores schauen auf. Sie halten sich immer noch eng umklammert, drehen nur den Kopf zu mir. Dolores stammelt:

„Ik sspreke alleman."

„Nein, nein, meine Liebe, du sprichst jetzt *nur* mit mir und sonst mit niemandem. Also: Was hast du mit Frau Gerte gemacht?"

Das Fräulein Dolores zittert ein wenig, so habe ich den Eindruck.

„Muchos besos?" stößt sie hervor.

„Oh, nein, Dolores, das ist nicht richtig. Frau Gerte hat nicht viel Busen, das wüsste ich. Was zum Teufel treibt ihr hier mitten in der Nacht?"

Frau Gerte steht nun auf und zieht mich an die Seite.

„Jetzt stell dich nicht so an. Ich hab sie einfach gestern gefragt, ob wir uns nicht mal treffen könnten. Du hattest ja die Vorarbeit gemacht. Und da hat sie zugestimmt."

„Ey, Gerte, du bist echt ein Kameradenschwein," rutscht es mir heraus. Klitschnass stehe ich da wie ein begossener Pudel und spüre einen Anflug von Eifersucht in mir aufkeimen.

„Eine Frau sagt nicht ey," Frau Gerte verbessert mich. So weit sind wir schon gekommen.

Auf der Couch

Ich bin evakuiert. Frau Gerte und Dolores treiben es in jeder freien Minute in meinem Schlafzimmer. Und das seit vorgestern Nacht. Ich kann es immer noch nicht glauben. Da mache ich aus der juvenilen Frau

Gerte eine richtige Frau, stecke sie in ein geblümtes Sommerkleid und berate sie in Etikette, und als Dank dafür schnappt sie mir Dolores weg.

Wo ich schlafe? Auf der Couch von Frau Ackermann und Frau Fröhlich. Die kopulieren nicht minder häufig, aber bei denen habe ich mich an das Stöhnen gewöhnt. So ein Mist! Jetzt hatten alle Sex, nur ich nicht. Mit denen fahre ich nie wieder in den Urlaub!

Aber das Leid nimmt heute endlich ein Ende. Am Nachmittag bringt uns der Bus zum Flughafen und das Flugzeug in die Heimat. Frau Ackermann versucht mich zu trösten.

„Ey, nimm es leicht. Ein blindes Huhn findet auch mal einen Korn."

Ich frage mich, wen sie damit meint. Mich oder Frau Gerte?

„Aber um ehrlich zu sein," Frau Ackermann wird stutzig, „ich habe sowieso nie verstanden, warum wir uns als allein erziehende Mütter aus Westfalen-Lippe ausgeben sollten. „Ich meine, welchen Vorteil hast du dir davon erhofft?"

Ach, was soll's. Jetzt kann ich es auch zugeben.

„Ich wollte damit nur meine Schwangerschaftsstreifen kaschieren. Sonst nichts," murmele ich kleinlaut.

Lass dich nicht lumpen!

Eigentlich braucht man heutzutage gar nicht mehr zu reisen, weil es ja jede erdenkliche Form von Essen direkt um die Ecke gibt. Aber bei Indern ist das so eine Sache. Das Land ist recht groß, die Küche variiert, und da dachte ich mir, och, dachte ich, da fliegst du einfach mal hin und guckst dir das an. Natürlich ging es mir nicht nur ums Essen. Ich musste dort auch arbeiten. Eine Werbeagentur hatte meine Freundin Anne und mich beauftragt, auf Weltreise zu gehen, um einen Imagefilm für ein ziemlich dickes deutsches Unternehmen zu drehen. Da ließ ich mich nicht lumpen. Aber der Inder, der lässt sich oft lumpen. Dafür lumpt er wiederum ebenso gerne. Wie ich das meine? Das ist eine längere Geschichte.

Neu Delhi ist eine ziemlich laute Stadt. Man könnte meinen, der Inder an sich lebe in Neu Delhi und nirgendwo anders. Da es so viele Inder gibt, gibt es nicht für jeden ein Dach über dem Kopf. Deshalb basteln sich viele Inder ein Dach aus Lumpen und schlafen auf dem nicht näher als solchem gekennzeichneten Gehweg. Eigentlich gibt es auch gar keine Gehwege, sondern hauptsächlich Hauptverkehrsstraßen, denn alles was befahrbar oder begehbar ist, wird von allem, was sich bewegt, befahren oder begangen. So kann es schnell passieren, dass dem Inder ein LKW durch das Schlafzimmer fährt, das er sich so liebevoll als Nachtquartier aufgeschlagen hat, oder dass eine Kuh über sein Kopfkissen läuft. Wenn es ganz dicke kommt, dann ist es sogar ein Kamel.

Manche Inder schlafen aber auch in Häusern. Man kann das nicht so pauschal sagen, wie sich die Situation im Einzelnen darstellt. Bei dem einen Inder ist es so, bei dem anderen Inder so. Das hat Vor- und Nachteile, wie wir gleich sehen werden.

Unser kleines Filmteam musste von Neu Delhi aus weiter fliegen. Jetzt trug es sich zu, dass die Region, in der wir drehen sollten, von einem der schwersten Erdbeben aller Zeiten heimgesucht worden war. Richtig: Wer vorher kein Dach über dem Kopf hatte, hatte Glück. Es konnte ja nicht über ihm einstürzen. Die anderen Inder hatten Pech. Da machten die Armen den Reichen eine lange Nase. Für die heimischen Filmteams war es dann auch ein Leichtes, der westlichen Welt Fernsehbilder von ganzen Landstrichen ohne Häuser zu präsentieren. Da waren nie welche gewesen. Dafür gab es lauter Inder, die vor der Kamera mit ihrem Dach (also den Lumpen) in der Luft herum wedelten. Seitens der Agentur wurde uns versichert, wir seien nur am Rande des Krisengebiets und hätten definitiv ein Dach über dem Kopf. Die mussten es ja wissen. Die hatten ja Internet.

Am Flughafen in Delhi grabschte mir so ein Inder an die Titten. Einfach so. Eigentlich hätte er mich auf Waffen untersuchen sollen, aber er griff mir direkt und ohne Umschweife an die Titten. Was sollte ich davon halten? Wir wissen es nicht. Ich sagte einfach: „Let it." Woraufhin mich Anne korrigierte und sagte: „Das heißt: Let it be!"

Genauso wenig verstand ich, warum man uns das Hauptmotiv des Films bei der Sicherheitskontrolle weg nahm. Dies war ein Plastikball mit dem Motiv „Weltkarte“ oder „Globus“. Der indische Sicherheitsdienst dachte wohl, ich wollte das Flugzeug entführen. Dann wäre ich in das Cockpit eingedrungen, hätte auf den Ball gezeigt und gesagt: „Bitte einmal nach Mallorca. Danke.“ So ein Blödsinn, ich kann doch englisch!

Na ja, wir sehen bereits, der Inder vergreift sich oft im Ton, auch im nonverbalen. Doch es kam noch schlimmer. Im Flugzeug auf der Reise nach Vadodara wackelte es, als wäre das Erdbeben in der Luft. Der Pilot sprach angeblich auch englisch, aber er nuschelte so sehr, dass wir ihm sehr schnell unsere Aufmerksamkeit entzogen.

Plötzlich befanden wir uns unerwartet im Landeanflug. Auf einer Garage stand mit blauem Pinselstrich Ahmalabad geschrieben. Ich fragte Anne, was das bedeuten könnte.

„Keine Ahnung. Der Inder weiß das bestimmt selber nicht.“

„Ach so.“

Also verließen wir das Flugzeug, und da ich zum Kettenrauchen tendiere, stellten sich Anne und der Kameramann beim Gepäckband an, während ich vorgab, zu prüfen, wer bzw. ob uns überhaupt jemand abholt. Ich konnte keinen Abgesandten der Firma entdecken, also ging ich zum Taxistand. Der Inder, der die Taxis koordinierte, saß in einem 50x50 cm großen Holzkarton. Er blickte neugierig aus seinem kleinen Guckloch und fragte mich mit dem üblichen dialektüberfrachteten Englisch:

„You want to help us with the earthquake?“

Ich stutzte. Wir waren doch angeblich nicht im Krisengebiet.

„No, we are a film team,“ teilte ich ihm geduldig mit.

Er riss seine Augen weit auf, griff zu einem Stift und schrieb mir unleserlich auf einen Schmierzettel alle nur erdenklichen Städtenamen auf, in denen es definitiv kein Haus mehr gäbe, weil alles dem Erdboden gleich gemacht war.

Och, dachte ich, das Elend kann man ja mal filmen. Für RTL oder SAT.1 oder 9Live... Während ich seinen Schilderungen hellhörig folgte, bemerkte ich gar nicht, dass Anne und der Kameramann bereits abgeführt worden waren. Im nächsten Augenblick wurde ich am Arm gepackt und entführt. Jetzt nicht so wirklich, und es war auch nicht weiter dramatisch, also keine Fesseln und kein „nicht aufs Klo gehen dürfen“. Wir wurden lediglich auf Geheiß des Piloten zurück in die Maschine eskortiert, weil wir diese überhaupt nicht hätten verlassen dürfen. Das, was dort an der Garage geschrieben stand, war wohl der Name des Flughafens, der nichts mit unserem Ziel gemein hatte.

Ein wenig peinlich war das schon, aber in solchen Situationen muss man die Contenance bewahren und am besten einfach so tun, als sei das alles die Schuld von jemand anders. Der Pilot fragte sogleich mit bitterböser Stimme:

„Why did you get of the plane?“

Zickig wie ich sein kann, behauptete ich, dass er ja wohl mal sein Englisch auffrischen müsste, ich hätte nichts verstanden.

„I said Ahmalabad, I did not say Vadodara.“

Darauf wieder ich, ob er Ahmalabad sagen würde oder Vadodara, das würde kein Mensch verstehen, das würde sich alles gleich anhören. Ende Gelände.

Wir setzten uns, schauten stoisch aus dem Fenster und taten so, als sei uns der Vorfall ÜBERHAUPT nicht peinlich.

Als man uns dann endlich in Vadodara in die Freiheit entließ, ereignete sich nicht minder Peinliches. Wir hatten einen Jetlag, und wie Reisende oft sind, sprachen wir nicht mehr wirklich miteinander. Ich hatte noch einen alten Spiegel aus der Heimat gerettet, den ich eingerollt mit mir herum trug, um nun auch zwischen den Zeilen nach etwas Heimat zu suchen. Als der Kameramann sich das Magazin ausleihen wollte, begann ich, ihn damit zu verprügeln. Ich schrie immerzu:

„Das ist meiner! Kauf dir selber einen!" Absurde Aufforderung, hat der Inder doch keinen Kiosk und selbst wenn, er hätte keinen Spiegel.

„Aua," meinte er, „aber du liest doch gar nicht!"

„Doch, und ob!" Wahllos schlug ich eine Seite auf und gab vor, einen Artikel zu studieren, den ich schon drei mal gelesen hatte. Er wiederum ließ seine Aggressionen jetzt an Anne aus und boxte ihr unentwegt auf den Oberarm. Sie boxte zurück und begann, ihn zu treten. Eine Massenschlägerei am Rollfeld entwickelte sich. Dabei merkten wir gar nicht, dass wir die einzigen in der Halle waren und dass uns die Abgesandten der Firma, für die wir drehen sollten, bereits seit einer halben Stunde beobachtet hatten.

Man muss zu unserer Entschuldigung sagen, dass wir zu dem Zeitpunkt schon in Brasilien, Amerika und Thailand gewesen waren. Der Spiegel war bereits drei Wochen alt und ich verteidigte ihn wie den letzten Funken Hoffnung auf Heimkehr in liebgewonnene Gefilde. Er war wie ein Kilo Sauerkraut für mich, wie Bratwürstchen mit Senf, wie Spaghetti-Eis und Vanillepudding zusammen.

Die freundlichen Herrschaften der Firma brachten uns kommentarlos zum Hotel. Anne fragte höflich, ob das Wetter immer so gut sei. Der Mann, der vorne auf dem Beifahrersitz saß, tat etwas, was wir lange Zeit nicht verstanden. Er schüttelte den Kopf von links nach rechts, von oben nach unten, ja, er wippte irgendwie kreisförmig mit seinem Schädel auf dem Hals, aber was zum Teufel hatte das zu bedeuten? Wir sahen uns fragend an und flüsterten uns in Ohr: „Die spinnen, die Inder."

Tage später stellte sich heraus, dass dies das nonverbale Signal für „ja" sein sollte. Aber bis wir das Signal entschlüsselt hatten, waren wir aus vielen Gesprächen ratlos heraus gegangen. Wenn man nämlich eindeutige Antworten erwartet, auf Fragen wie z.B. „Holen Sie uns morgen früh ab?" und das Gegenüber schüttelt mit dem Kopf, als wollte es sagen: „Och, komm ich heut nicht, komm ich morgen...", dann weiß man gar nicht, ob man sich den Wecker stellen soll.

Also filmten wir ein wenig in einer Fabrik, die man extra für uns geputzt hatte. Eines Abends luden uns die Betriebsleiter, Geschäftsführer und haste nicht gesehen zum Essen in ein feudales indisches Restaurant ein. Ich verstand die Speisekarte nicht und bestellte einfach drauf los. Es war abenteuerlich, was sich dort auf meinem Teller tummelte. Man weiß es bis heute nicht, was das gewesen sein könnte. Dumm nur, dass ich in der Mitte der großen Runde saß, sonst hätte ich die Mahlzeit unauffällig unter dem Tisch verschwinden lassen. Am Ende gab ich erschöpft zu verstehen, dass ich mal wieder Lust auf Pizza hätte.

Prompt lieferte uns die Firma am Folgetag pünktlich um 12 Uhr drei riesengroße Pizzen mit Kuchen als Nachtisch. Leider hatten wir gerade erst gefrühstückt, also konnte ich mich darüber gar nicht richtig freuen. Höflich und lustlos knabberten wir in Gegenwart des firmeneigenen Lieferanten an der Teigware herum.

Jetzt mag die Gegnerin der Globalisierung denken: „Wie dekadent!" Ja, aber was sollten wir denn tun? Das, was wir dann taten, war auf jeden Fall falsch. Kaum war der Beobachter fort, beschlossen wir, die Pizza und den Kuchen an arme, bedürftige Kinder auf der Straße zu verteilen. Derer gab es sehr viele und wir brauchten nicht lange zu suchen, da das Hotel von Armut umzingelt war. Man brauchte nur einen Schritt vor die Tür zu tun und schon stand man im Schlafzimmer einer indischen Familie, wie oben beschrieben. Da saßen sie nun im Staub. Drei kleine indische Kinder wie die Orgelpfeifen, 3, 4 und 5 Jahre, die Hände reckten sie in die Luft und schauten uns aus großen Augen an. Gesagt, getan. Pizza für alle und Kuchen oben drauf. Sofort stürzten sie sich auf das Essen, und mahnend erzählte ich ihnen noch, dass sie was für Mama und Papa überlassen sollten. Drei Schritte weiter überlegten wir uns, dass diese Mahlzeit bei den Kindern sehr wahrscheinlich zu Verdauungsproblemen führen würde. Wir schämten uns, soeben einen dreifachen Darmverschluss ausgelöst zu haben. Soviel zur Globalisierung.

Endlich durften wir Vadodara verlassen. Eine Woche war vergangen und der Spiegel sah aus wie eine ausgefranste und vergilbte Masse aus dem Altpapiercontainer. Allerdings stand uns noch ein 20-stündiger Aufenthalt in Neu Delhi bevor. Die Firma machte den Vorschlag, dass wir uns noch den Taj-Mahal anschauen könnten. Der sei genau richtig für einen Tagesausflug. Die Firma bestellte einen Fahrer. Dieser stopfte uns ins Delhi am Flughafen in sein kleines weißes Auto nicht näher definierbarer Herkunft. Wir waren aufgeregt. Endlich mal keine Arbeit, einfach nur ein Ausflug. Herrlich. Dass dieser Ausflug mit einem dreistündigen Aufenthalt im Feierabendverkehr von Neu Delhi beginnen sollte, konnten wir ja nicht ahnen. Selbst die Kühe waren schneller als wir. Und dass nach Neu Delhi der Feierabendverkehr von Alt Delhi kam, hatte uns erst recht niemand erzählt. Ich glaube, es waren acht Stunden Fahrt. Ich meinte nach zwei Stunden, so etwas wie einen Dekubitus an meiner Pobacke entdeckt zu haben.

Endlich erreichten wir unser Ziel. Das soundsovielte Weltwunder stand uns bevor. Der Parkplatz zum Taj-Mahal war vorgelagert und ziemlich weit weg vom geschichtsträchtigen Monument. Dort waren wir total alleine mit unserem ursprünglich weißen, mittlerweile vom Straßenstaub braunen Auto. Merkwürdig – ob die Touristen alle im Urlaub waren? Wir wussten es nicht, keiner wollte uns so recht aufklären, bis unser Fahrer mit der niederschmetternden Meldung kam, der Taj-Mahal sei freitags immer geschlossen. Och, ja nun. Warum nicht? Der muss ja auch mal geputzt werden, nehme ich an. Also, zack, wieder rein ins Auto und noch mal acht Stunden zurück zum Flughafen.

Dort schlugen wir wieder gewalttätig auf uns ein. Aber diesmal so heftig, dass wir nie wieder miteinander sprechen wollten. Niemand mit keinem. Drum merke: Lass dich nicht lumpen! Es sei denn, du erwartest ein Erdbeben.

„Je reicher man an Urteilen ist,
desto ärmer wird man an Vorurteilen."
Henry Miller (1891-1980)

Sapphos Töchter

Als langjährige Lesbos Reisende muss ich gestehen, noch nicht viel von der Insel gesehen zu haben. Mein Ziel war stets das Ballungszentrum lesbischer Lust, Skala Eressos, das kleine, idyllische Dorf abseits von Zivilisation und Massenterrorismus. Hier treffen sich seit Jahren Lesben aus aller Welt und solche, die es noch werden wollen.

In diesem Sommer ist es besonders schlimm. Nicht, weil es etwa zu viele wären. Nein, es sind einfach nicht die Richtigen. Die meisten haben lange Haare. Ich habe nichts gegen lange Haare, aber an den Beinen finde ich sie nicht so schön. Gegen derart konzentrierte Abartigkeit habe ich eine Strategie entwickelt. Ich fahre seit zwei Jahren nur noch mit einer aufblasbaren Gummiinsel in den Urlaub. Sie erlaubt es mir, mich vom Strand zu distanzieren, indem ich meinen Anker weit ab vom Ufer ins Wasser werfe. Von dort habe ich einen fantastischen Blick auf die dicke sadistische Engländerin, die ihren Cellulitis-Hintern im schwarzen String-Tanga mitsamt masochistischer Freundin durch den glühend heißen Sand treibt. Das Ritual der beiden besteht darin, dass die Dünne alles tragen muss. Sie sieht aus, als bereite ihr der qualvolle Transport Freude, denn sie lacht unentwegt. Während die Schmächtige die Luftmatratze wie eine Trompetenspielerin aufzublasen beginnt – dabei wölben sich ihre Wangen imposant nach außen –, steht die Dicke daneben und stemmt ihre Hände in überflüssiges Hüftfleisch. Sie schaut in die Sonne und dirigiert den Winkel, in dem sie zu liegen beabsichtigt. Ich bin schlicht fasziniert von der Widerlichkeit. Später erfahre ich, dass die Dicke an Asthma leidet, aber ich lasse mich in meiner ganz persönlichen Völkerkunde nicht beirren und behaupte weiterhin, das sei eine neue Form des Sadomasochismus.

Natürlich gibt es in Skala Eressos nicht ausschließlich dicke sadistische Engländerinnen. Die kleine süße Griechin Maria spricht perfekt griechisch, was nicht weiter verwunderlich ist, und ebenso fehlerfrei deutsch. Mit ihr spiele ich hin und wieder Skat. Aber da man zum Skatspielen drei Personen braucht, spielen wir mit meiner Geliebten. Vera hat bestechende Augen und eine waschechte Berliner Schnauze, die gefährlich werden kann, wenn sie nichts zu essen bekommt. Aber sonst ist sie durch und durch liebenswert.

Nach drei Abenden Skat munkelt man im Dorf, dass zwei hübsche Schweizerinnen angekommen seien. Wir machen uns auf, sie zu suchen. Da stehen sie in der Disco: Eine Mischung aus Unschuld und Zigeunermädchen. Samira und Gina heißen sie. Sie sind noch jung, aber mit allen Wassern gewaschen. Sie benutzen Wörter wie „possessiv" und „polygam", „paranoid" und „polymorph-pervers". Das imponiert mir und könnte man Skat zu fünft spielen, würde ich sie einladen. Die Griechin Maria verbringt eine Nacht mit dem Paar. Niemand spricht darüber, alle schmunzeln. Vera und ich lieben uns und sind erstaunt über die Hitze.

„Liebling," sage ich, „das Bett quietscht."

„Hm," murmelt sie, „Ist bestimmt von Ikea."

Heute, nach sieben Tagen ethnologischer Studie des Sadomasochismusses (denn sein?) in England haben die Schweizerinnen, die Griechin sowie Vera und ich beschlossen, ein Auto zu mieten und die Insel zu erkunden. Ein Gefühl sagt mir, dass diese Idee eine bescheuerte ist. Ich weiß auch, warum. Als ich 1992 das erst Mal nach Lesbos kam, nahm ich vom Flughafen den Bus nach Eressos. Nach meiner Ankunft wusste ich, warum die Busfahrt im Vergleich zum Taxi so unverhältnismäßig billig war: In jeder Kurve bekreuzigten sich zwei Dutzend griechischer Großmütter aus Ehrfurcht vor dem Tod, dem wir aufgrund einer nicht enden wollenden Serpentinenstrecke ständig ins Auge sahen. Bemerkenswert hier: Der Anblick des Todes stand dem der Landschaft in nichts nach, um nicht zu sagen: Die Landschaft war schlicht tot und der Tod war die Landschaft. Folglich war die Idee, das Auto zu mieten, bescheuert. Es gibt meiner Ansicht nach auf Lesbos nichts Sehenswertes. Der einzige Grund, hierher zu kommen, liegt im Reiz, Verbotenes zu tun. D.h. das paranoide, possessive, polygame und polymorph-perverse Wesen der Lesbe auszuleben, ungeachtet der griechisch-orthodoxen Religion eines Gastgeberlandes, das vom Tourismus lebt. Das ist Kapitalismus. Wer weiß schon, wie man sich als griechisch-orthodoxer Mensch verhält? Ich weiß nur, dass man als solcher wie ein Bekloppter Auto fährt und Ouzo trinkt, im Winter, wenn die Frauen rar werden, Esel fickt und die Knochen von Verstorbenen in Kisten lagert. Woher ich das weiß? Na, weil ich seit heute Morgen auf dieser idiotischen Inseltour mit einem idiotischen Opel Corsa unterwegs bin, an dem nicht nur die Seitenspiegel fehlen, sondern auch, und das ist kriminell, der Aschenbecher.

Und das kam so: Eigentlich wollten Samira und Gina (Schweizerinnen heißen immer etwas anders als die herkömmliche Europäerin) heute früh abreisen. Sie haben ein Interrail-Ticket und beabsichtigen, nach dem Griechenland-Trip die Türkei, Ungarn und Rumänien zu durchqueren. Ich, als erfahrene Weltenbummlerin, die nichts mehr fürchtet als die Diarrhöe und deshalb gern zu Hause bleibt, riet retsina-umnebelt davon ab. „Der Rumäne an sich," behauptete ich, „ist böse. Nicht genetisch, doch treibt ihn die Armut zum Verbrechen." Das leuchtete auch den Schweizerinnen ein, und sie änderten ihre Reiseroute, wobei man sich nachträglich fragt, ob Rumänien nicht doch besser gewesen wäre.

Die ersten fünf Kilometer fuhr ich das Auto. Meine Bezugsgruppe klagte sofort über Übelkeit. Darauf musste ich das Steuer aus der Hand geben. Mir war danach aber nicht minder übel, womit der Beweis erbracht war, dass die Verantwortung beim griechischen Straßenverkehrsbauamt lag.

Es gibt diverse touristische Attraktionen, die laut Prospekt angeblich eine Besichtigung wert sind. So sagt es der Volksmund, doch da wir nicht griechisch sprechen, muss es sich um ein Missverständnis handeln. Hoch oben auf einem dieser aus dem Boden sprießenden Berge, die einem die Sicht auf andere Berge nehmen, haben die Türken mal eine Kirche gebaut (oder wie heißt Kirche im Islam?). Auf jeden Fall ertappte ich mich dabei, wie ich laut grübelte:

„Jetzt bin ich schon mal in Griechenland und gucke mir türkische Monumente an. Da kann ich ja gleich in die Türkei fahren!” Die anderen schien es nicht weiter zu stören. Ich wurde kurzerhand vom Beifahrersitz auf die Mitte der Rückbank verbannt und fühlte mich fortan eingekesselt wie die Insassin eines Frauengefängnisses, der man infolge von kulturellem Nihilismus einen Bildungsausflug oktroyiert hatte.

Auf Lesbos gibt es einen Million Jahre alten versteinerten Wald, den man vor lauter Bäumen nicht sieht. In glühender Serengeti-Hitze machten wir uns danach auf die Suche, stießen jedoch nur auf vereinzelte Baumstümpfe. Diese Baumstümpfe reichten uns bis zum Knie, und weit und breit warf kein verdammtes Geäst mit Blättern Schatten. Ich mutmaßte mit Argwohn, dass der gemeine Grieche die Äste vorsorglich abgesägt haben muss, damit sich dort keine Aasgeier niederlassen, um über verdörrtes Touristenfleisch herzufallen. Nicht auszuschließen ist, dass mit dieser Methode der Getränkeumsatz gesteigert werden sollte. Für die Besichtigung dreier womöglich mit Chemikalien zur Versteinerung gezwungener Baumstümpfe mussten wir Eintritt bezahlen. Am Ausgang begann ich mit dem Personal eine Diskussion darüber, ob man sich in Griechenland gemeinhin über die Definition des Begriffes „Wald“ einig sei und ob man hier schon einmal etwas von einem richtigen Sauerländer Mischwald mit Borken, Tannen und Buchen gehört hätte. Doch noch bevor ich mich in Ekstase reklamieren konnte, zogen mich meine Gefängniswärterinnen am Arm. Zur Strafe wurde ich wieder in den siedenden Opel Corsa gestopft.

Die Straße, auf der wir unsere Route nach Sigri fortsetzten, erinnerte mich an die Lombard Road aus

„Die Straßen von San Fransisco", auf der ständig Reifen quietschten. Sigri, so steht es im Reiseführer, sei im Winter wie im Sommer ein verschlafener Ort. Dazu passte, dass Vera wie hypnotisiert den Friedhof ansteuerte und uns mit den Sitten und Gebräuchen der griechisch-orthodoxen Religion vertraut machen wollte. Dieser Teil des Ausflugs hat mir eigentlich am besten gefallen, weil die Verstorbenen neben den Grabsteinen jeweils mit einem Foto abgebildet waren, was wiederum meine Vorstellungskraft enorm beflügelte. Die meisten Gräber bestehen nämlich aus einem gläsernen Kasten, der den oberen Teil einer Marmorplatte ziert. In diesem Miniatur-Gewächshaus drapieren die Hinterbliebenen liebevoll eine Flasche Ouzo. So malte ich mir vergnüglich aus, wie Costa Sarikakis an einer Leberzirrhose zugrunde ging und dennoch auf dem Foto sympathisch zu lächeln wusste.

Plötzlich rief Vera uns zu sich herüber. Sie hatte einen Schuppen gefunden, in dem sich bis zum Dach Kisten stapelten. Darauf lagen kleine gehäkelte Tischdecken. Vera nahm eine Tischdecke zur Seite und öffnete eine der Kisten. Vier wissbegierige, kulturhungrige Gestalten steckten ihre Köpfe zusammen und kollidierten beim erschrockenen Zurückziehen derselben mit ihren auf der Flucht befindlichen Körpern so, dass sich in der Bodenmitte des Schuppens Gliedmaßen ineinander verkeilten und der Entflechtung harrten. Dabei kreischten wir im Kollektiv wie heterosexuelle Frauen im Freibad, wenn sie einen Wassertropfen abbekommen haben. In der Kiste lagen die Knochen und der Schädel von Costa, dem Ouzotrinker, wie ich kombinierte. Als wir uns beruhigt hatten, hob Vera den Deckel noch einmal an und wir machten einige Fotos von Costa, da wir anständige Terroristinnen sind und nicht mit Beweismaterial geizen.

Gleich im Anschluss an dieses schaurige, aber dennoch erheiternde Ereignis, erzählte uns Vera, was griechische Männer im Winter machen, wenn ihre Frauen nach Athen fahren.

„Was machen die denn in Athen?" nörgelte ich, ohne im Entferntesten zu ahnen, worauf sie hinaus wollte.

„Im Winter," sagte sie, und wir vier hingen an ihren Lippen, als sei sie eine Grundschullehrerin mit Körbchengröße 90D, „im Winter fickt der Inselgrieche seinen Esel."

„Nein, das glaub ich nicht," riefen wir unisono und schüttelten unsere Köpfe vor Ekel so schnell, wie sich ein Hundeschwanz bewegt, wenn er sich freut.

„Doch," unterstrich Vera ihre Behauptung, und sie ergänzte sich mit inbrünstiger Überzeugung: „Das hat mir mein griechischer Freund Nico erzählt." Augenzeugenberichten ist in der Regel nicht zu trauen, aber dies schien eine verlässliche Quelle zu sein. Nico. Kaum zu glauben: Im Mutterland der Demokratie kopulierte man immer noch mit Tieren. Trotzdem konnte ich mich nicht von der Vorstellung freisprechen, wie sich Aristoteles einen Esel vor die Lenden schnallt und anschließend einen Vortrag über die anatomische Beschaffenheit des Mulis hält. Die Biologie geht manchmal seltsame Wege. Wie sonst hätte sich so etwas Absurdes wie Heterosexualität etablieren können? Damit will ich keineswegs die homosexuelle Komponente preisen, denn die lesbische Liebe erwies sich im weiteren Verlauf der Inselbesichtigung als Farce und ich musste mich im

Stillen unweigerlich fragen, wie es wohl wäre, einen Esel zu ficken oder ob ich das nicht schon die ganze Zeit tat.

Vera leidet gelegentlich an Unterzuckerung und dann müssen alle Beteiligten schnellstmöglich Lebensmittel beschaffen, bevor es zu so genannten Affekthandlungen kommt. In weiser Voraussicht der zu erwartenden Affekthandlung strebten wir in dem kleinen verschlafenen Fischerdorf Sigri das nächstbeste Restaurant an, welches uns vorbei an enge Gassen mit bunten Häusern, gestrichen in der Farbe der Saison (mintgrün mit orangefarbenen Fensterläden) geleitete. Bei dieser tendenziös kulturellen Wanderung fiel mir auf, dass der Grieche viel Ähnlichkeit mit dem Franzosen hat, weil beide europäischen Randgruppen noch nie etwas von einer Straßenverkehrsordnung gehört zu haben scheinen. Es zeigt ein Schild, auf dem 'Beach' steht, nach rechts, und du kannst davon ausgehen, dass der Strand links liegt. Doch wann immer ich in meiner eigentümlichen westfälischen Art auf diese Missstände hinwies, stieß ich auf taube Ohren. Die Schweiz hält sich nicht umsonst aus jeder Kontroverse heraus. Wütend warf ich Gina und Samira vor, in ihrer staatlich verordneten Neutralität willen- und kritiklos zu sein, stets jedem Verkehrsschild folgend auf den falschen Pfaden zu wandeln. Warum sonst sollte jemand freiwillig nach Rumänien reisen wollen? Im Gegenzug titulierten sie mich als Berufsoppositionelle, und ich hielt den Mund. Ein Restaurant säumte unseren Weg in die falsche Richtung und Vera dünkte es nach Nahrung gegen Aggressionen. Doch es war bereits zu spät. Noch bevor der Kellner die Getränke servieren konnte, schrie sie mich an. Der Inhalt ist mir entfallen, wie bei Affektäußerungen üblich. Ich erinnere nur, dass es fürchterlich laut war und sich anhörte, als sei Karl-Heinz aus Bottrop auf Mallorca über seine Inge hergefallen, weil sie vergessen hatte, seine Badehose einzupacken. Die neutrale Schweiz blickte ob der ungestümen Art hilflos auf den Boden, um Fußnägel zu zählen und sich derer Vollständigkeit zu versichern. Der Griechin Maria, die immer noch überlegte, ob sie nun in Gina oder in Samira verliebt war, fiel nichts Besseres ein als:

„Ich glaube, ich trinke einen Ouzo."

Mir war diese öffentliche Demütigung zutiefst unangenehm, erinnerte sie mich doch an den angelsächsischen Sadomasochismus, weshalb ich den Kellner mit meinen Augen anflehte, er möge wenigstens endlich das Brot servieren.

Paare entwickeln oft merkwürdige kommunikative Strategien. Viele davon erinnern an Dieter Bohlens und Verona Feldbuschs Art, miteinander umzugehen. In diesem Moment waren wir Dieter Bohlen und die Feldbusch in einem Fernsehduell bei Beckmann. Und all das nur wegen so eines dusseligen Ausflugs an Orte, die die Welt nicht braucht. Wären wir am Strand geblieben, hätte ich Vera rechtzeitig einen griechischen Salat in den Mund gestopft und somit die Harmonie aufrechterhalten. Ich beschloss, mir beim nächsten Mal Sex mit Vera, vorzustellen, sie sei ein Esel.

Nach dem Essen war uns erneut schlecht und ich ergänzte meine zuvor aufgestellte Behauptung, die Griechen hätten keine Straßenverkehrsordnung um den Aspekt des mangelnden Gesundheitsministeriums.

Eine Salmonelle in Griechenland muss sich fühlen wie Gott in Frankreich, eine Made im Speck oder wie eine Lesbe in Skala Eressos. Aber dieses Paradies hatten wir ja verlassen, um uns gegenseitig anzuschreien und zeitversetzt an erbrochenem Fisch zu ersticken. Maria und ich waren uns einig. Sollten wir jemals wieder nach Eressos zurückkehren, würden wir bis zum Morgengrauen Skat spielen. Auch ohne Vera, die sich langsam wieder von der Unterzuckerung erholte und leise, fast unverständlich ein „Entschuldigung" in die Runde murmelte.

Nun wollte Gina auch mal fahren, und da wir nicht wussten, dass sie nicht wusste, wo bei einem Auto die Bremse ist, erlaubten wir es ihr, um uns kurz darauf in jeder Kurve auf griechisch-orthodoxe Art zu bekreuzigen, wie es die Omas im Bus zu tun pflegten. Das nächste Ziel lautete Molivos, ein vermeintlich pittoresker und bestechend schöner Küstenort mit einem wunderbaren Strand. Samira auf dem Beifahrersitz entpuppte sich als arabische Kartographin. Sie las die Landkarte von rechts nach links und hatte sie falsch herum auf dem Schoß liegen. So geleitete uns die Straße nach Molivos über 20 km Schotterpiste und ich begann, im Kofferraum nach dem Ersatzreifen zu suchen. Vera ging das Gezappel auf den Geist und ich wurde schon wieder angemeckert. Wenn du deine Freundin zum Schweigen bringen willst, musst du einfach sagen: „Du bist wie deine Mutter." Also sagte ich: „Du bist wie deine Mutter," und ich hatte meine Ruhe.

In Molivos entdeckte ich eine weitere Gemeinsamkeit zwischen Frankreich und Griechenland. Der Strand sah aus wie der Landstrich zwischen Marseille und

Nizza. Terroristen bevölkerten das Ufer und boten ein Bild des Grauens. Der Bürgermeister von Molivos hatte vergessen, ein paar LKW-Ladungen Sand zur Saisoneröffnung zu bestellen, und so lag man unkomfortabel auf Kieselsteinen und badete in einer Kloake aus Algen und Schamhaaren, weil man es nicht besser wusste. Ich wusste nur, dass ich lieber in einer Kläranlage schwimmen würde, als mich diesem Treiben anzuschließen. Unbemerkt schlich ich meiner Bezugsgruppe davon, weil ich im Affekt beschlossen hatte, mich zu betrinken.

Jetzt sitze ich hier und sehne mich zurück an den Ausgangsort. Ich bin doch auch nur eine kleine, dicke Lesbe, die andere kleine, dicke Lesben sehen will, um sich in einem Kosmos zu wähnen, der Idylle heuchelt. Stattdessen bin ich gezwungen, auf einen behaarten Männertorso zu starren, der die Frage aufwirft, ob es sich hierbei um einen Wollpullover handelt. Der Grieche ist und bleibt ein nicht zu ergründendes Phänomen. Erst trinkt er sein Leben lang Ouzo und wartet darauf, dass seine Frau endlich nach Athen fährt, um einen Esel ficken zu können. Davon wachsen ihm Haare auf Brust und Schultern. Schlussendlich bettet er sich als Skelett grinsend in eine Kiste und wird von lesbischen, leichenfleddernden Terroristinnen fotografiert, die mehr Vorurteile als Vorteile in sich bergen. Ich bin verwirrt.

„Bei einem gewissen Stande der Selbsterkenntnis
und bei sonstigen für die Beobachtung
günstigen Begleitumständen
wird es regelmäßig geschehen müssen,
dass man sich abscheulich findet."
Franz Kafka (1883-1924)

Wer Depressionen hat, der geht!

Einmal im Jahr mache ich Urlaub mit normalen Leuten. Das reicht dann aber auch. Dieses Jahr fahre ich mit einer Kleinfamilie nach Frankreich. Die beteiligten Personen sind relativ frei erfunden und heißen Renate, Vera und Jan. Renate ist zwar die Mutter von Vera und Jan, aber Vera fährt das Auto, weshalb sie auch häufig als Vati bezeichnet wird. Außerdem hat sie die stärkste Beinbehaarung. Jan ist ein angenehmer Teenager. Er weiß alles über die französischen Ordensritter von Chinon aus dem 13. Jahrhundert. Er muss nur noch lernen, das Klo nach Benutzung zu reinigen und an die Gesellschaftsspiele zu denken, bevor wir losfahren, damit wir uns abends nicht unterhalten müssen.

Renate wird von allen liebevoll Mutti genannt, weil sie der Ansicht ist, Mütter gehörten zu ihren Kindern. Wenn sie diese Ansicht mal gerade nicht vertritt, ist sie seit 25 Jahren im Schuldienst als Lehrerin. Dort kompensiert sie mit 30 fremden Kindern ihre häusliche Abwesenheit. Das ist der Punkt, an dem ich ins Spiel komme. Immer dann, wenn Mutti arbeiten geht, telefonieren Vera und ich. Deshalb nennt man uns auch das Team Telekom. Ich bin eine Art Tante. Dann wäre da noch der Hund Bonnie. Manchmal glaubt Vera, Bonnie sei ihr Kind, was gar nicht so abwegig ist, wenn wir uns die bereits erwähnte starke Beinbehaarung in Erinnerung rufen. Außerdem denkt Vera, der Hund versteht, was sie ihm sagt, aber der Illusion, dass auf mich jemand hört, erliege ich schon lange nicht mehr.

Das war eine Einführung in Anlehnung an die vielen TKKG-Bücher, die wir früher gelesen haben. Wir arbeiten noch an den Zeichnungen, die uns dann möglichst nett und naturgetreu darstellen sollen, obwohl getrost angezweifelt werden darf, dass es Künstler gibt, die uns sympathisch skizzieren können. Das wäre Schönfärberei.

Wenn einer eine Reise tut, dann müssen einige Regeln aufgestellt werden, die das Zusammenleben in der Gemeinschaft ermöglichen. Eine unserer Regeln lautete: „Wer Depressionen hat, der geht." Abgekürzt: WDH,DG.

Eine andere Regel besagt, dass bestimmte Dinge nicht behauptet, sondern nur vermutet werden dürfen. Man muss zum Beispiel sagen: „Man sollte die Autobahn wechseln." Oder: „Es wäre gut, wenn man bald tankt." Alles andere grenzt an eine zwischenmenschliche Interaktion, die unserem Kommunikationskonzept zuwider läuft. Wir bevorzugen das unpersönliche 'Man'. Wir würden niemals 'ich' sagen, verstecken uns lieber im Kollektiv, als mit unseren individuellen Gefühlen Unmut und Konflikte auszulösen.

Um uns fortzubilden, haben wir ein Buch gekauft: ‚Emotionale Intelligenz' von Daniel Goleman, einem Amerikaner, der wie wir den ganzen Tag den Teil mit dem Zeitgeschehen („Mann warf Frau aus dem Fenster" usw.) aus der New York Times gelesen hatte, um daraus ein Buch zu machen. Wir lesen aber die Westfälische Rundschau. Wegen der anderen Muttersprache. Das ist fast dasselbe. Warum das wichtig ist? Weil in dem Urlaub verschiedene Leute noch erschossen werden. Jawohl. Doch dazu später mehr.

Kaum trudelten wir in Metz zur ersten Übernachtung ein, kam es auch schon zur ersten großen Katastrophe. Es trat das ein, was aus Prinzip nicht eintreten durfte. Ich traue mich gar nicht, es zu sagen: Mutti war sauer (Gefühl – eigentlich verboten), weil Jan sich geweigert hatte, seine Französischkenntnisse in der Praxis anzuwenden, sprich zwei Mineralwasser zu bestellen. Er wusste nicht, wie er es aussprechen sollte. Mutti auch nicht. Da ist sie einfach aufgestanden und ins Hotelzimmer gegangen. Jan war daraufhin nah dran an einer Depression (Gefühl – verboten). Und Mutti legte sich aufs Bett und schwieg. Niemand wusste, wann sie da wieder raus kommen würde. Doch alles der Reihe nach:

Mittags hatten wir Trier besichtigt, d.h. wir sind die Einkaufsstraße mit Ziel Pizza Hut entlang gegangen, wobei wir das Glück hatten, dass alle Sehenswürdigkeiten der Stadt an eben dieser Einkaufsstraße platziert waren. So kamen wir sogar in den Genuss, das Tuch, das Jesus trug, als er noch laufen konnte, zu besichtigen. Es war auf einem Foto abgebildet. Das Foto hing in einer Kirche, durch die Vera und ich im Stechschritt rannten. Bis nach Metz war es dann ein Katzensprung. Während der Fahrt trällerten wir zusammen mit Hannes Wader alte Arbeiterlieder aus der Zeit, als die SPD noch hielt, was sie versprach, bzw.

aus der Zeit, in der sie noch etwas versprach. Heute verspricht sie sich nur noch.

Wir diskutierten, obwohl wir gar nicht diskutieren wollten, darüber, ob es nun sinnvoll ist, Jan, der immerhin erst 15 Jahre alt ist, zum Bestellen von Getränken vorzuschicken. Vera und ich waren der festen Überzeugung, dass es sowieso am besten wäre, “deux bières” zu bestellen. Da kann man nichts verkehrt machen. Jan legte ich nahe, in Zukunft ein Perrier zu ordern. Aber mal ehrlich: Wenn der junge Mann schon so viele Probleme mit der französischen Sprache hatte, was sollte das erst geben, wenn er mal im Kreisverkehr würde fahren müssen, geschweige denn in die missliche Lage geriete, Sexualität zu erleben (auch ein Gefühl?)?

Auf jeden Fall gefiel uns die Tiefgarage unseres an der Autobahn gelegenen Hotels bisher am besten. Sie war sehr futuristisch und ließ sich nur ferngesteuert öffnen. Deshalb vergaßen wir absichtlich Gegenstände im Auto, damit wir einen Grund hatten, mit der Fernbedienung zu spielen und in die Katakomben hinabzusteigen. In Wahrheit aber warteten Vera und ich darauf, im gruseligen Dunkel der Abgase vergewaltigt zu werden, weil wir schon so lange keinen Sex mehr gehabt hatten (zwei Tage).

Am Tag darauf wurde jemand erschossen. Nicht wirklich. Aber in dem Buch von Daniel Goleman. Bei der Toten handelte es sich um Matilde Crabtree. Sie hatte sich im Kleiderschrank ihrer Eltern versteckt. Als diese abends heimkehrten – so stand es in der New York Times, und so wurde es von Goleman zitiert –

erschreckte das Mädchen ihre Erzeuger so sehr mit einem simplen „Buh", dass der Vater im Glauben, einen Einbrecher im Schrank zu haben, seine eigene Tochter erschoss.

Dieses Beispiel diente dem Autor zur Untermauerung des evolutionsbedingten Beschützerinstinktes von Männern. Wir schauten Jan an und fragten uns, ob wir uns nicht eher vor ihm in Schutz bringen sollten. Außerdem litt Herr Crabtree, der Vater der Getöteten, unserer Interpretation zufolge wohl eher an einem nervösen Finger. Mit dieser Art von Gesprächsstoff hangelten wir uns durch den französischen Kreisverkehr, durchs ganze Land gen Küste. Gelegentlich unterzuckerten wir und dann kauften wir uns eine Packung Leberpastete.

Viele Menschen erleben Kultur auf unterschiedliche Art und Weise. Wir z.B. fuhren auf den Parkplatz des Soldatenfriedhofs von Verdun und verschlangen im Auto sitzend – mit Blick auf ein Meer von identisch aussehenden Kreuzen – Leberpastete. Mutti bekam aber leider nichts davon ab, weil ich die schmierige Sülze ziemlich rücksichtslos in mich hinein gestopft hatte, um sie vor dem Hitzetod zu retten. Mutti war daraufhin sehr traurig, womit sie sich wieder auf eine sehr emotionale Ebene herabließ. Ich tröstete sie damit, dass sie dank dieser unfreiwilligen Hungerkur jetzt eine Bikini-Figur hätte und ich statt einer Lesbentaille eine Hummelhüfte.

Abends wollte ich den Mundraub im Restaurant wieder gut machen. Dort stellten wir fest, dass der Franzose nach Belieben Mahlzeiten von Teller zu Teller umfüllt. Dies geschieht dann heimlich in der Küche.

Er serviert riesige Portionen Kartoffelsalat, die niemand vollständig verzehren kann. Der Gast denkt dann: „Boah!“ Tja, und dabei übersieht er, dass an der Kartoffel noch die offene Tuberkulose des Tischnachbarn hängt. Aber auch dieses Land leidet unter den von der Regierung verordneten Sparmaßnahmen; insofern wollen wir den Franzosen nicht schelten. Das Essen wird ja nicht weniger, sondern eher immer etwas mehr. Ein Klumpen aus der Küchenschüssel, ein kleiner Klumpen vom Tisch, das summiert sich doch am Ende! Es ist und bleibt uns Mitteldeutschen aber ein bisschen suspekt.

Doch zurück zum Ausgangspunkt des gegenwärtigen Dilemmas. Irgendwer hat immer etwas zu reklamieren. Wenn man es aber genau nimmt, handelt es sich bei dieser Form pathologischen Verhaltens gar nicht um eine Depression, sondern vielmehr um ein extern verursachtes, inneres Unwohlsein, welches nicht intrinsisch ist, weil wir jede/r für sich, völlig konform mit uns gehen. Man darf uns nur nicht mit anderen Menschen und kulturellen Andersartigkeiten in Berührung bringen. Dann wird uns nämlich mulmig.

Ich warf einen Blick auf Jan. Er wirkte verstört und abwesend. Ich fragte ihn, ob er nach so viel geballter Weiblichkeit der letzten Tage jemals wieder locker und unbeschwert auf Frauen zugehen könnte. Um ehrlich zu sein, formulierte ich die Frage wie der Jauch von „Wer wird Millionär?“.

„Jan,“ sagte ich, „wenn Du herausfindest, dass deine Freundin neurotisch oder psychotisch ist, wie reagierst Du?

a) mit Bulimie

b) mit Depression
c) mit Kleptomanie
d) mit Feminismus“

Jan entschied sich für Kleptomanie. Er dachte, davon würde er am ehesten profitieren. Wir ließen ihn in dem Glauben und planten die Reise nach Chinon, einem Ort, in dem Johanna von Orleans einst gehaust hatte. Damals hatte es gewiss noch keinen Kreisverkehr gegeben, sonst hätte sie niemals dorthin gefunden. Vera hatte übrigens ein vierfarbiges Dekolletee von unterschiedlichen Oberteilen. Wir nannten es das Fernfahrer-Dekolletee, welches vom vielen Autofahren resultierte.

Der folgende Reisetag begann mit einem Schiss neben dem Billardtisch im Essensraum einer kleinen Pension in Sully sur Loire. Der ekelhafte Pudel der Wirtin hatte einfach in den Frühstückssalon gekackt. Dann servierte uns die Hausdame die Speisen, ohne zuvor den Kot unter ihren Fingernägeln entfernt zu haben. Auf ihre Frage, warum wir so wenig gegessen hätten, antwortete ich, dass wir vom vielen Rauchen an Magersucht litten. Am Ende waren wir uns einig: Diese Pension würde einer Überprüfung durch das Gesundheitsamt nicht standhalten. Macht aber nichts, weil es in Frankreich offenbar gar kein Gesundheitsamt gibt.

Wir waren aufgrund der unangenehmen Behausung sehr früh auf der Straße Richtung Tours, doch unsere Nerven lagen sehr schnell blank. Die französische Beschilderung im Straßenverkehr wird vermutlich von Betrunkenen vorgenommen. Die dürfen jeden Morgen an den Schildern drehen. Zum Teil zeigen die dann sogar in den Himmel. Was will der Franzose in der EU, wenn er sich noch nicht mal in dieser Hinsicht normiert verhalten kann?

Irgendwann kamen wir dann in Jans Wunschort Chinon an. Wir spielten nämlich, dass sich jeder etwas aussuchen durfte. Ich war bescheiden und nahm ein Bier. Ab da ging es dann stetig bergauf. Im wahrsten Sinne des Wortes. Auf dem Berg war die Burg. Als ich beiläufig bemerkte, dass die Bepflasterung ja wohl noch aus dem Mittelalter stammen müsste, und dass man die doch dank moderner Bautechnik mal erneuern könnte, nahm Vera das sehr persönlich. Ich würde den Begriff der Kultur missverstehen.

„Blödsinn," erwiderte ich. „Ich verstehe den Begriff Urlaub anders, das ist alles!"

Mutti bekam nur kurz einen Nervenzusammenbruch. Das war im Anschluss an die routinemäßige Besichtigung der Burg (also: rein, raus). Aber das war völlig normal. In der Westfälischen Rundschau hatte nämlich gestanden, dass der dritte Urlaubstag immer der kritischste sei. Man solle deshalb vorher ausgiebig über die Erwartungen sprechen und kompromissbereit sein. Wir hatten uns weder ausgesprochen, noch wussten wir, wie man Kompromisse schließt. Das käme zu sehr in die Nähe von Gefühlen, die ja verboten waren.

Mutti fand, dass Vera dem Hund zu viel Aufmerksamkeit schenkte. „Immer nur der blöde Köter!" Scheinbar fühlte sie sich vernachlässigt. Man munkelte, dass dieser Unmut seine Ursache in Muttis neuen Klotschen hatte. Reinold Messner hätte ihr schon im Vorfeld von der Besteigung des Burg-Berges abgeraten. Das Schuhwerk war eher was fürs Sitzen auf dem Terrassenstuhl.

Während sich die Familie folglich in einer klassischen, familientherapeutischen Triade (ohne Therapeuten, aber dafür mit Vera als Vati-Ersatz) die klassischen, familientherapeutischen Vorwürfe machte (also: „Ich weiß gar nicht, was Du hast! Ich mache doch gar nichts!", „Kannst Du überhaupt mal irgendwas gut finden?", „Ich schlag den Hund tot.", „Ich schlag Vera tot." „Ihr könnt ohne mich weiter fahren." usw.), lächelte ich entgegen meiner Gewohnheit fremde Touristen an und versuchte so, einen Hauch von Sommerspaziergang in meinen wogenden Schritt zu legen. Es dauerte nur wenige Stunden, bis sich die Familie wieder beruhigt hatte.

Doch kaum hatte sie sich beruhigt, begann ich erneut zu nörgeln. Unsere Residenz in Chinon war eigentlich ausgebucht. Deshalb mussten Vera und ich im Gesindehaus übernachten. Dort roch es wie 20 illegale Abtreibungen pro Jahrhundert. Und es hatte ca. 10 Jahrhunderte auf dem Buckel, inklusive Beulenpest und Syphilis, die uns aus den Ritzen des steinernen Gemäuers mit der widerlichen Fratze des Todes anlachten.

Ich konnte vor lauter Gestank nicht schlafen. Die auf dem Bett befindliche hornhautumbrafarbene Wolldecke roch nach Kotze und juckte, wenn man sie nur ansah. Vera und ich ekelten uns so sehr davor, sie anzufassen, dass wir uns wünschten, Conterganarme zu haben. Am besten wären auch Conterganfüße gewesen, weil so ein kleiner Rumpf am Ende doch sehr wenig Berührungspunkte mit seiner Umwelt hat.

Wenn Vera und ich mit unserem geisteswissenschaftlichen Studium an der Uni fertig sein werden, werden wir ja aller Wahrscheinlichkeit nach keinen Beruf haben. Dann werden wir einen schönen Hotelbetrieb in Frankreich eröffnen, nicht nur sauber, sondern auch rein. Mit schönen Wolldecken von Karstadt.

Das 0,7 m^2 kleine, nachträglich eingebaute Bad in dem Gesindehaus geleitete mich schlussendlich zum Brechreiz. Das Aufstehen vom Klo wurde dadurch erschwert, dass uns die Wand, an der man förmlich mit der Stirn klebte, ständig in die Kloschüssel zurückstieß. Wer klebt auf der Toilette schon gerne mit dem Kopf an der Wand? Wer hatte sich das ausgedacht? Und was hatte das mit Zivilisation zu tun?

Mutti schlief nebenan wie ein Stein. Sie hatte uns einen Rat mit auf den Weg in die Nacht gegeben: „Geht früh ins Bett, das ist gut gegen Depressionen und Aggressionen." Aber wie sollten wir verdammt noch mal schlafen gehen, wenn auf dem Bett ein als Wolldecke getarntes Kamel lag, das uns die Luft zum Atmen raubte?

Zwei Tage später türmte sich der Atlantik wie ein rettender Anker vor uns auf. In La Rochelle wollten wir einen Kaffee trinken, aber in der Stadt liefen so viele Menschen herum, dass wir uns wie in einem Zugabteil zwischen Bochum und Essen zur Rush Hour vorkamen. Die Menschen traten uns auch auf die Füße, und ab und zu marschierte eine 17Jährige mit Jeansgröße 27 und Knackarsch an uns vorbei, was wir widerlich fanden, weil es uns die eigene Unzulänglichkeit und mangelnde Attraktivität vor Augen führte. Wir verließen den Ort so schnell, wie wir gekommen waren. Unser endgültiges Ziel war die Insel D'Oléron. Dort beabsichtigten wir, uns von dem Rest des Landes zu erholen.

Als wir dort ankamen, freute ich mich zum ersten Mal wirklich mit allen dazugehörigen Anzeichen (Lächeln, Zappeln, Fontanelle rücklings Wundschrubbeln usw.), weil Jan und ich bereits seit dem Elsass zwei schicke Handangeln besaßen. Sie hießen Tic und Tac und wir wollten damit die Fische Uschi und Gerda fangen.

Die Freude hielt jedoch nicht lange an. Mutti hatte ein Ferienhaus gebucht, das in einem Prospekt abgebildet war. In diesem Prospekt befand sich aber keine Fotografie, sondern ein Aquarellbild, das mit der Realität nicht konform ging. Auf der Insel D'Oléron schien es jemanden zu geben, der Schönmalerei betreibt. Vielleicht sollten wir den fragen, ob er uns auch mal zeichnen kann.

Irgendwie waren wir der ständigen Reklamation etwas überdrüssig geworden. Also betrachteten wir unsere Unterkunft fortan schlicht als architektonisches Kunstwerk einer fremden Kultur, die sich unserer Kenntnis entzog.

Die Kleinfamilie, deren Tante ich ja sozusagen war, wird von mehreren interessanten Wesenszügen gekennzeichnet. Wie wir bereits erfahren haben, leidet sie an einer gewissen Kritiksucht, an mangelnder emotionaler Intelligenz und meistens an Hunger. Das Schlimmste aber ist eine Angewohnheit, die meinen Vorstellungen von Erholung diametral entgegen steht.

Dabei handelt es sich um eine passionierte Form des Frühaufstehens.

Jeden Morgen um sieben Uhr warf mich Vera aus dem Bett. Ich musste dann mit ihr und dem Hund am Strand entlang laufen. Wir bildeten uns ein, dabei 500 Gramm Bauchfett zu verlieren, welches wir uns anschließend mit 800 Gramm Baguette wieder zuführten. Ich schmückte diese schlaftrunkenen Spaziergänge mit weiteren Gedanken zum Thema Gesundheit.

„Vera," sagte ich zum Beispiel, „wir sollten nur noch zehn Zigaretten rauchen."

„Wie meinst du das?"

„Na, vor dem Frühstück!"

Vera schüttelte mit dem Kopf und steckte sich eine Gitane an – die Herrenzigarette für Frauen mit starker Beinbehaarung – und hustete einen ostsibirischen Bröckelhusten, der seinen Ursprung in der Kartoffelsalat-Tuberkulose aus Sully sur Loire haben musste.

Eines Morgens schrie sie mich an.

„Aufstehen!"

Kraftlos murmelte ich in mein Kissen.

„Ach, heute will ich mal nicht mit zum Strand. Ich hab Depressionen."

Dann wieder sie, drei Sekunden zeitverzögert.

„Ist das Dein Ernst?" Das klang böse. Ich überlegte kurz.

„Mhm... Ich könnte Kaffee kochen?!" bot ich an.

„Gut," brüllte sie, „du bist eben ein Arschloch, das mich alleine an den ganzen Strandpennern in Schlafsäcken vorbei schickt." Sie meinte die in Frankreich weit verbreiteten Surfer aus aller Welt, die ihr ganzes

Geld für moderne T-Shirts und Surfbretter ausgeben und dann keins mehr für eine Pension haben. Ehe sie aus der Tür war, rief ich ihr nach, dass ich kommen würde, sofort natürlich, weil sie sehr dominant ist und irgendwie ja auch Recht hatte. Ich an ihrer Stelle wäre auch nicht an den Pennern vorbeigelaufen. Die kiffen und saufen und ficken dann womöglich auch noch. Nur, damit sie nicht frieren. Ich hab schon zu Vera gesagt, dass die echt doof sind, weil man doch tagsüber viel besser am Strand schlafen könnte, solange es heiß ist. Und nachts können die doch in irgendeine Disco gehen.

Am Strand marschierten wir dann im Stechschritt nebeneinander her. Vera hatte in einer Frauenzeitschrift etwas über Armgymnastik gelesen. Unser Ziel war es, so dünne Oberarme zu bekommen, dass wir sie hinter einem Besenstil würden verstecken können, weil Jan den Witz von den zwei Bulimikern erzählt hatte: „Treffen sich zwei Bulimiker und wollen Verstecken spielen. Versteckt sich der eine hinter einem Besenstil, sagt der andere: Komm raus da, du fette Sau."

Jeden Tag gegen halb neun am frühen Morgen lagen wir bereits am Strand. Der Westfale an sich ergattert gerne den besten Parkplatz, und wenn sich der gemeine Franzose aufmacht, in der Sonne zu baden, hat der Deutsche sein Touristenprogramm längst absolviert. Die Franzosen brauchen immer so lange, um an den Strand zu kommen, weil sie so viele Lebensmittel, Kinder, Pudel und Ball- oder Brettspiele haben. Das passt oft gar nicht ins Auto und muss sehr lange gequetscht werden. Deshalb hat der Franzose auch den

Kleinbus erfunden. In der Regel ist der Franzose übrigens sehr laut und sucht ungewöhnlich lange nach einem Parkplatz, der schon von Deutschen wie uns belegt ist. Der Franzose hat auch noch nie etwas von dem kulturell determinierten Abstand zwischen zwei Handtüchern gehört. Er knallt sich einfach mit seiner Großfamilie neben uns und fängt an, kaum dass er sitzt, Baguette in sich hinein zu stopfen. Eigentlich müsste der Franzose viel fetter sein als wir, weil er ständig was isst.

In der Westfälischen Rundschau hatte zudem gestanden, dass Europäer Frankreich ganz schön finden, wenn nur die Franzosen nicht wären...

Eines Tages endlich ergab sich die Gelegenheit für Jan und mich, die Fische Uschi und Gerda aus dem Wasser zu ziehen. Unsere neuen Angeln Tic und Tac standen folglich kurz vor ihrem ersten Einsatz. Am Hafen der Stadt Contière hingen wir dann bäuchlings wie zwei Sandsäcke über die Hafenmauer gelehnt und starrten entlang der Schnur in das gruselige Dunkel ölverschmierter Meerespfützen. Nichts passierte. In unserem blauen Putzeimer tummelten sich riesengroße braune Würmer, von denen ich bereits zwei umständlich und mit geschlossenen Augen an unseren Harken befestigt hatte. Eigentlich war ich in meiner Funktion als Angeltante, die angeblich schon angeln war, davon ausgegangen, dass Jan als halbstarker Teenager den Wurm selbst würde befestigen wollen. Doch er sagte nur, dass er ja nicht wüsste, wie es wäre, wenn man Kinder bekäme, aber Würmer anzufassen wäre unter Garantie schlimmer.

Plötzlich tat sich was. Ein cirka 30 Zentimeter langer, jedoch nicht näher identifizierbarer Hafen-Schlick-Fisch, hing an einem unserer Würmer. Doch im letzten Moment entschied sich Uschi oder Gerda um und blieb im Wasser. Mir war es ganz Recht, weil ich gar nicht gewusst hätte, was ich mit dem Fisch als nächstes hätte tun müssen. Wie hätten wir ihn vom Haken bekommen, ohne ihn anzufassen? Und hätten wir den ekelhaften Wurm womöglich mitgegessen? Und wer hätte den Fisch mit einem Schlag auf den Kopf getötet? Und womit hätten wir das getan? Mit einer Frauenzeitschrift? Fragen über Fragen, auf dessen Beantwortung wir und die Welt noch lange warten werden.

Als wir nach Hause kamen und Mutti uns fragte, wo das Essen sei, sagte ich nur lapidar:

„Uschi und Gerda sind in Urlaub."

Wir mussten trotzdem kochen und servierten statt Fisch Sauerkraut mit Kartoffelpüree.

Gegen Mitternacht lag ich erschöpft vom Kochen im Bett und meckerte Vera an, dass ihre Mutter ein Ferienhaus gemietet hätte, in dem es keinen Aschenbecher gab. Eigentlich fand ich zu dem Zeitpunkt alles doof, was nicht aussah wie ein Aschenbecher. Vera leerte eine warme Dose Bier und warf ihre Kippe da rein. Sie war der festen Überzeugung, sie würde von Bier mehr Busen bekommen. Ich gab ihr zu verstehen, dass ihr Bauch davon gleichzeitig wachsen würde und dass das am Ende nur dazu führte, dass der Busen unten drunter nicht mehr braun würde, weil er prall auf der Pocke liegen würde wie bei alten Männern. Außerdem würde der Bauch dann wiederum Falten werfen, was zu weißen Streifen zwischen der Bräune führen würde. Probleme, Probleme, Probleme.

Wer nun denkt, dass bis hierhin doch alles recht reibungslos verlaufen ist, der irrt. Es geschah nämlich das, was unter gar keinen Umständen passieren durfte und was wir bereits in dem Moment antizipiert hatten, als die Devise „Wer Depressionen hat, der geht" ausgegeben worden war.

Die gesammelten Erkenntnisse von elf Tagen intensiver Selbstreflexion führten unweigerlich zu einer kollektiven Depression, deren einziger Vorteil darin lag, dass sie im Kollektiv empfunden wurde und somit niemandem auf die Nerven ging. Die Heimreise bestritten wir nahezu wortlos. Sogar der Hund quälte sich mit Seufzern über die Autobahn. Bonnie hatte die Schnauze gestrichen voll von uns.

Als wir die Grenze zum heimischen Westfalen an einem dieser Autobahnschilder überquerten, auf dem das Landeswappen zu sehen ist, stellte ich mit etwas besserer Laune fest, dass es absoluter Blödsinn wäre, zu verreisen, wo wir doch so viele Ausländer in Deutschland hätten. Ich empfand ein Gefühl der Sicherheit, dass von der Gewissheit getragen wurde, nun endlich wieder jederzeit telefonieren zu können. Und fernsehen. Und abaschen. Nie wieder würden wir in Bierdosen aschen müssen. Das Schönste aber war, dass Jan und ich beim Einkaufen auf Uschi und Gerda stießen. Sie lagen in der Tiefkühltruhe eines Supermarkts.

Griechische Tragödie

Der Grieche an sich tendiert zur Tragödie. Das ist seit der Antike bekannt. Nun fragen wir uns, wie sich dieses Phänomen über die Jahrhunderte hinweg hat retten können, schließlich hat sich die Menschheit im Laufe der Jahre auch der Milchleiste entledigt. Brauchen wir da noch Tragödien?

Ich ahne die Wurzeln für die Tragödien-Resistenz des Griechen und möchte nach fast zweiwöchiger teilnehmender Beobachtung resümieren, dass wir es mit einer gefährlichen Mischung aus Mensch und Olivenöl zu tun haben.

Erkundigungen über die Anzahl der heute noch existierenden Griechen haben ergeben, dass eine Volkszählung von Nöten wäre. Die Zahl der derzeit in Griechenland weilenden Einheimischen variiert zwischen 10 und 17 Millionen. Da ich diese selbstverständlich nicht alle näher unter die Lupe nehmen konnte, beschränke ich mich im Folgenden auf die Freudsche Methode und fokussiere meine Reisebegleitung Voula und ihren Papa, also die konkrete Entstehungsgeschichte griechischer Neurosen innerhalb eines Familienverbundes. Ein Urlaub auf dem griechischen Festland in der Nähe des viel versprechenden Ortes Drama bot mir den adäquaten Raum für eine Feldstudie.

Voulas Papa taufte ich bereits einen Tag nach unserer Ankunft in den General um. Und zwar in zweierlei Hinsicht. Zum einen dirigiert er uns seit Stunde Null, dass ich mir vorkomme wie in einer Kadettenschule und zum anderen putzt er wie „Meister Propper“ oder wie „der General“ aus der Fernsehwerbung.

Die Herberge liegt in einem Mehrfamilienhaus auf dem höchsten Punkt eines pittoresken Bergdorfes. Voula hatte mir noch in Deutschland eine Skizze des Hauses angefertigt, um mir den Urlaub schmackhaft zu machen. Darin enthalten waren ein idyllischer Vorhof und zwei der Wohnung angegliederte Balkone. Beiläufig erwähnte sie, dass im Haus noch die Brüder und Schwestern des Vaters inklusive der Großeltern untergebracht seien. Das störte mich nicht weiter, schließlich müssen die auch irgendwo leben. Aber dass eben diese Familie das Äquivalent für die Freudsche Neurosenlehre ist, hatte sie mir verschwiegen. Ich erinnere mich noch, wie ich in ihrer Gegenwart laut davon träumte, endlich mal die sieben Bücher zu lesen, die ich vor einem halben Jahr zum Geburtstag geschenkt bekommen hatte. Mittlerweile weiß ich, warum Voula nicht darauf antwortete: der General hat eine Aversion gegen diese Form der Unterhaltung. Lesen und Schreiben ist für ihn gleich bedeutend mit gar nichts tun. Niemand tut nie nichts in einer Kadettenschule...

Zwei Tage nach unserer Ankunft verschwanden die Tanten der Familie für mehrere Tage im Kloster. Im ersten Moment dachte ich: „Warum bleiben die nicht gleich hier? Ist doch dasselbe...“ Doch dann erzählte mir Voula, dass die Onkels, als sie noch flink und keine Rentner waren, ihre jeweilige Angetraute durch die Wohnung geprügelt haben sollen. Demzufolge scheint ein längerer Aufenthalt im griechischen Kloster das Pendant für die in Deutschland weit verbreitete Kur oder das Frauenhaus zu sein. Heute widmen die Männer der Familie ihre kraftvolle Aufmerksamkeit der Autopflege. Voula sagt, der eine Onkel sei Millionär und hätte in Athen mit einem Schuhgeschäft Karriere gemacht. Gott sagt bestimmt, dass man kein Geld ausgeben darf, deshalb hat sich dieser Millionär in dem Moment, als sich Gott für eine Sekunde schlafen legte, einen 50.000 Euro teuren Rover gekauft. Damit Gott nichts davon bemerkte, versteckte der Onkel das Auto unter einer portablen Stoffgarage und zog sich fortan billige, leicht verschmutzte T-Shirts an, um von der Sünde des Autokaufs abzulenken. Man munkelt, dass er am Strand nicht baden geht, sondern seinen Rover observiert, damit derselbe nicht illegalerweise entwendet wird. Seine eigene Tochter ließ der Millionär vom 700 km entfernten Athen für acht Stunden in einem Bus anreisen. Wer griechische Busse kennt, der weiß, dass der Erfinder Sadist und der Fahrgast Masochist sein muss, um damit zu fahren.

Ich entferne mich von der Kernfamilie, um die es geht, doch geleitet uns dieser Teil zu einem wesentlichen Charakterzug des Griechen: Der Masochismus. Im Grunde hat ja alles in Griechenland begonnen. Es gab da einmal vor vielen Jahren die Gottheit Psyche. Wenn es die nicht gegeben hätte, gäbe es wahrscheinlich auch nicht so viele Bekloppte auf der Welt. Aber wir können ihre Existenz nicht weiter leugnen und ebenso wenig die Existenz der zahlreichen Bekloppten, von denen wir gelegentlich umzingelt sind. Wir können also festhalten, dass griechisches Sozialverhalten aufgebaut ist wie ein griechischer Bus. Es gibt einen, der den Bus ohne Klimaanlage konstruiert hat und andere, die in dem Bus fahren und schwitzen und fast sterben und dennoch freundlich lächeln. Masochistisch eben. Total bescheuert.

Nun ist Voula dafür bekannt, dass sie manchmal etwas merkwürdig steif anmutet. Kontrolle ist gut, Kontrolle ist besser. Man könnte auch sagen, sie tendiert zum Stock im Arsch, wenn es darum geht, ihrem Über-Ich mal eine Pause einzuräumen. Ständig grübelt sie, ob es richtig ist, zwei Gläser Wein zu trinken statt nur eins. Oder drei statt zwei. Selbst beim vierten überlegt sie noch. Je länger sie grübelt, desto weniger bleibt für gewöhnlich übrig, weil ich ihr mit hoch gezogenen Augenbrauen gegenüber sitze, ihrem verbalisierten Zweifeln zuhöre und das Zeug einfach in mich hinein schütte. Manchmal diskutiert sie darüber, ob es vernünftig ist, vor dem Frühstück zu rauchen. Sie sagt dann, das sei total ungesund. Ich finde, davon kann man prima kacken.

Die Ursache für das chronische Nachdenken liegt augenscheinlich beim Papa, dem General mit der spät ausgebildeten Putzneurose. Ein gutes Beispiel ist der von Voula beim Spülen ruinierte Teller des 6-er Packs Porzellan von Woolworth. Ich meine, ich rede hier nicht von Meissener Porzellan oder von so teuren Hutschenreuter-Schüsseln! Der Teller war auch eigentlich gar nicht kaputt. Ihm war eine kleine Ecke heraus gesprungen. Als Voula das merkte, verlor sie die Kontrolle und wurde panisch. Erst versteckte sie den zerstörten Hausrat unter meinem Bett, dann im Rucksack unter dem Handtuch und zu guter Letzt in einer anonymen Mülltonne am Strand. Vorher überlegte sie laut, was passieren könnte, wenn der General davon erführe. „Es ist besser, wenn er den Teller nicht sieht. Dann kann er sich nicht aufregen." Die Logik soll einst auch von einem gewissen Griechen namens Aristoteles erfunden worden sein. Dies war vielleicht logisch, mutete doch meinem Verständnis von der Hausarbeit und den damit einher gehenden Verlusten recht verwunderlich an. Ich muss ergänzen, dass ich in *meinem* Haushalt nach jedem Versuch, etwas zu kochen, mindestens einen Topf wegwerfen muss. Das führte unlängst dazu, dass ich gar keinen Topf mehr hatte. Aber meine Logik tendierte in eine andere Richtung. Ich redete mir ein: „Wenn kein Topf da ist, brauchst du ihn auch nicht mehr zu spülen. Geschweige denn zu kochen."

Gut. Das war die Geschichte mit dem Teller. Ich erinnere mich, wie ich laut darüber lachte und sie fragte, ob das alles ihr Ernst sei. Mein Lachen fand ein jähes Ende, als Voula beiläufig überlegte, sie könnte ja auch sagen, dass *ich* den Teller ruiniert hätte. Dann würde ihr Vater bestimmt nicht meckern. Also: nicht mit ihr.

Ich sollte die Wohnung beschreiben, damit deutlich wird, mit wem wir es zu tun haben. Der Boden ist mit nicht versiegeltem Marmor ausgelegt, was mit dem Hinweis versehen wurde, dass ich tunlichst Wassertropfen auf demselben zu vermeiden hätte. Fortan versuchte ich, das Betreten des Bodens grundsätzlich zu vermeiden.

Das Bad ist für griechische Verhältnisse ungewöhnlich groß. Darin befindet sich eine Dusche, deren Kabine sich nicht richtig schließen lässt. Egal wie minimal man sich unter der Dusche bewegt und wie wenig

Wasser man verbraucht, das Zimmer wird automatisch in ein Schwimmbad verwandelt. Der General aber gab uns eine 20-minütige Einführung in die adäquate Greif-Technik zum Schließen der undichten Kabine. Unter vier Augen schlug ich Voula vor, dass eine von uns im Wasser innerhalb der Kabine und die andere außerhalb duschen könnte. Sie lachte nicht.

Einen Morgen instruierte der General seine Tochter, die bereits blinkende Duschkabine zu putzen. Mit Chlor. Nachweislich krebserregend, aber lieber außen hui als innen hui. Sie tat, wie ihr befohlen und schrubbte auf allen Vieren, wobei ich ihr interessiert über die Schulter sah, denn es schien ihr Sinn zu machen. Sie schwitzte dabei. Ich fragte mich, warum sie sich fragte, ob eine Zigarette vor dem Frühstück ungesund sei.

Die Löcher, aus denen beim Duschen das Wasser auf den Boden fließt, werden traditionell mit Handtüchern versiegelt, statt sie mit bekannten Mitteln aus dem Baumarkt zu kitten. Die Zeit, die ich anstelle des Generals damit zugebracht hätte, Instruktionen für die korrekte Handhabung der Kabine zu erteilen, hätte ich wohl eher darauf verbracht, eine neue Duschkabine einzubauen oder besser noch: sie gar nicht zu schließen, wird der Boden doch so oder so nass.

Lange Rede, kurzer Sinn. Das ist nicht das einzige Ritual. Der General *ascht* nicht in den Aschenbecher, sondern er *legt* die Asche in ein bestimmtes von ihm auserkorenes Drittel desselben fein säuberlich aufeinander. Man könnte meinen, der General hätte das Kursive erfunden, weil er einen ständig nötigt, das Alltägliche und Banale ins Außergewöhnliche zu transformieren. Das Auge raucht bei ihm mit, aber ich will ihm seine Macken auch gar nicht nehmen. Insgeheim genieße ich es allerdings, wenn ein Windstoß das Häufchen Asche aufwirbelt und in alle Himmelsrichtungen verstreut.

Ich schmeiße auch seine Töpfe nicht weg, womit wir wieder in der Küche wären. Eine deutsche Einbauküchenzeile in heller Eiche. Es gibt zwei Spüllappen. Mit dem einen wird der Tisch auf dem Balkon drei Mal am Tag gewischt. Mit dem anderen wird gespült. Eines Tages spülte ich mit dem Tischlappen und wurde unsanft dafür gerügt, weil der General dieses Verhalten als Dummheit auslegte, welche ich mir persönlich ungern attestieren lasse. Ferner stellte ich einen Topf unsachgemäß in die Spüle, den ich wahrscheinlich zu Hause weggeworfen hätte, um ihn auszuschrubben. Das missfiel dem General sehr. Er zeigte mir, wie der Topf auf dem Grund der hellen Emaillebeschichtung der Spüle kleine Kratzspuren hinterlassen hatte. Ich sage ja: Wegwerfen ist in jedem Fall besser.

Über all dies konnte ich noch schmunzeln, war mir doch bewusst, dass es in anderen Ländern andere Sitten gibt, und dass ich als Gast in der Fremde weilte. Allerdings mag ich es nicht sonderlich, wenn meine Reinlichkeitsbemühungen – und ich schwöre: ich bin kein Ferkel! – unterschätzt bzw. gar nicht wahrgenommen werden. Da wir gerade noch in der Küche herum lungern, möchte ich das Tomaten-Anekdötchen nicht vergessen. Eines Abends kamen wir vom Strand und Voula ließ mich mit dem General alleine in der Küche, während sie die Duschkabine in der gewohnten Zeremonie zu schließen versuchte. Verkrampft lächelte ich ihm zu. Diese Art von Lächeln, bei dem einem die

Mundwinkel gefrieren. „Mein Gott“, schoss es mir durch den Kopf. „Voula! Beeil Dich!“ Ich hatte die Aufgabe, den Salat zuzubereiten und begann, Tomaten und Paprika zu säubern. Der General beobachtete jeden meiner Handgriffe. Nervosität macht sich bei dem Gast in der Fremde breit, wenn es den Anschein macht, er verletze die Sitten und Bräuche des Landes. Ich fragte höflich nach einem Brettchen und bekam die Antwort: „Brauchst du nicht, Brettchen. Ich zeig dir, wie man schneidet Tomaten.“ Dann griff er nach dem Brotmesser und hielt die mit Liebe im Garten gezüchtete Tomate in einem schrägen Winkel von ca. 40 Grad über die Spüle, um sie zweizuteilen. Er entfernte diesen komischen grünen Stippen und begann direkt über der Schüssel unterschiedlich große Stücke zu schneiden.

„Siehst du, so macht man Tomate.“ Bedrohlich hielt er mir das Messer hin. Ich bemühte mich, doch ich entdeckte kein bestimmtes System dahinter. Als ich eine Tomate nahm, um es ihm gleich zu tun, riss er mir das Messer sofort aus der Hand und wiederholte sich: „So macht man das.“ Der erste Gedanke, der mir durch den Kopf schoss, war: „Schmecken Tomaten nicht immer gleich? Egal in wie große Stücke man sie schneidet?“ Der zweite: „Das krieg ich nie hin, weil es einfach kein System hat.“ Gut, es ging ihm um das Prinzip, welches auch immer das gewesen sein mag. Ich erzählte Voula beim Essen davon. Scherzhaft, aber dennoch in gewisser Hinsicht verunsichert, weil ich mir von ihr Bestätigung versprochen hatte, dass Tomaten wie Tomaten schmecken, ungeachtet des Winkels, in dem sie in der Hand oder auf dem Brettchen zerteilt werden. Sie schaute mich mit ihrem kleinen, olivenförmigen Kopf schräg-verächtlich von unten an und sagte: „Wieso? Das ist die beste Methode, Tomaten zu schneiden. Mein Vater hat mir das gezeigt. Seitdem mache ich das immer so.“ Ich hüllte mich in kauendes Schweigen. Schon wieder war ich an der Kulturfront gescheitert...

Ich war zwar noch nicht im Wohnzimmer, geschweige denn im Schlafzimmer oder auf den in Deutschland per Skizze gepriesenen Balkonen, aber ich muss eine Sekunde inne halten und auf den ebenfalls im antiken Griechenland entstandenen Ödipus-Komplex anspielen. Bei Mädchen nennt man ihn Elektra-Komplex, und wenn die kleine Voula ihren Papa schon als Kind nicht heiraten konnte, so will sie ihm scheinbar wenigstens heute eine gute Ehefrau sein, indem sie seiner Tomatenneurose zu entsprechen versucht. Nein, sie versucht ja nicht nur zu entsprechen, sie glorifiziert diese Art, Tomaten zu schneiden und vieles mehr. Als ich einen Blick in den Kleiderschrank des Generals warf, fiel mir noch etwas ganz anderes auf. Als ich Voula vor Jahren kennen lernte und eine Nacht bei bzw. mit ihr schlief, betraten wir gegen 3 Uhr früh sturzbetrunken ihr Schlafzimmer. Ich pfefferte meine Sachen in eine Ecke und legte mich nackt ins Bett. Voula dagegen stellte sich vor ihren Schrank, zog die Hose aus, hing sie über einen Bügel und verfuhr ebenso mit ihrer Bluse. In dem Schrank sah es aus wie in dem Schrank von Mickey Rourke in dem Film 9 ½ Wochen. Alles in Reih und Glied. Die meisten Kleiderstücke schienen in Form und Farbe identisch. Dort hätte ich stutzig werden müssen, denn wir alle wissen, was aus Mickey Rourke geworden ist und vor was aus Mickey Rourke geworden ist und vor allem: was er mit der armen Kim Basinger gemacht hat.

Beim General im Kleiderschrank sah es haargenau so aus wie in dem der Tochter. Mit einem Unterschied: in seinem Schlafzimmer riecht es nach Mottenkugeln. Mottenkugeln haben bei einer Raumtemperatur von 30 Grad die Angewohnheit, ihren Duft beißend in der Nase zu verteilen und sich dann auf die Lunge zu legen, dass man für einen Moment glaubt, zu ersticken. Voula pries auch diese Angewohnheit ihres Vaters als angenehme Kindheitserinnerung.

„Die Bettwäsche hat früher immer so schön nach Mottenkugeln gerochen." Ich weiß ja nicht, aber meine Bettwäsche hat nach Persil gerochen, und das fand ich irgendwie besser...

Verlassen wir das Haus und kommen wir über Umwege zum Auto, indem wir uns langsam in den Hof und zur Garage heran tasten. Im Grunde erinnert die gesamte Bau- und Lebensweise eher an teutonisches Kleinbürgertum als an das, was wir seit Udo Jürgens „Griechischer Wein" mit dem Land assoziieren. Das Bergdorf wird so zu Oberhinterdrunterfuckelmuckel und der Voulas Papa mit den importierten Kenntnissen des Gelsenkirchener Barocks mutiert zum inoffiziellen Oberbürgermeister. Sein Bedürfnis, Anweisungen zu erteilen, wie man ein Paar Schuhe am besten nebeneinander stellt, so dass der Anblick allein militaristisch wirkt, resultiert aus – und jetzt ignorieren wir die griechische Antike zu Gunsten des Römischen Reichs – Bruderhass. Romulus und Remus. Der General, also Remus, zog einst aus, nach Deutschland, um als reicher Mann zurückzukehren. Sein Bruder dagegen landete in Athen als Schuhverkäufer. Der eine kehrt mit zwei gescheiterten Ehen, zwei ehelichen, mehreren unehelichen Kindern und einer Rente von 200 Euro zurück. Der andere hat 1 Million mit Schuhen verdient. Wenigstens hat Remus aus Deutschland einen Mercedes mit Gelsenkirchener Kennzeichen mitgebracht und will der Familie nun beweisen, dass er autonom und stark ist. Seitdem putzt er die Versäumnisse seines Lebens fort und hat ein Problem mit Schuhen. Ich vermute, er will die Schuhe dominieren und sieht darin ein bedrohliches Symbol für seinen Bruder.

Auf dem Fahrersitz des Benz liegt ein Handtuch, dessen Aufgabe es ist, Schweiß zu absorbieren, damit sich dieser nicht in den Stoff frisst. Es ist ein Ritual, dieses Handtuch vor einer Fahrt mit jeweils zwei Fingern an den Enden herauszunehmen und auszuschütteln, als ließen sich potentielle Salzkristalle und Schwitzflecken auf diese Weise entfernen. Dann wird es wieder akkurat auf den Sitz gelegt. Voula tat es ihm gleich, und zwar stimmten nicht nur ihre Gesten mit denen des Generals überein, sondern auch die Dauer der Prozedur. Jetzt trug es sich zu, dass wir am Strand die legendäre Trivialliteratur der sagenhaften Maren-Susan Sessel lasen, laut und abwechselnd. Eine heitere Geschichte voller Melancholie, in der die Protagonistin unentwegt schwitzt. Vor Aufregung, vor Angst, vor Freude. Wir diagnostizierten ihr spaßeshalber ein durch Alkoholabusus bedingtes Schwitzen, weil sie erheblich zur Trunkenheit neigte und nicht versäumte, ihren Bierkonsum akribisch aufzulisten.

Als der General mich eines Morgens vor der Abreise zum Strand fragte, ob ich viel schwitze, lachte Voula diabolisch los und antwortete ihm: „Natürlich! (Prust) Sie schwitzt den ganzen Tag." Worauf ich vom General ein Handtuch unter den Popo geschoben bekam und mich verraten fühlte, war dieser Scherz doch ausschließlich vor dem Hintergrund der gelesenen Literatur zu verstehen. Zu diesem Zeitpunkt muss der General mich bereits als merkwürdig empfunden haben. Erstens hatte ich die Tomaten nicht richtig geschnitten, zweitens hatte ich den falschen Spüllappen benutzt und drittens standen meine Schuhe (sein Bruder) nicht immer parallel zueinander wie in einer Kaserne nun mal üblich. Und jetzt schwitzte ich offensichtlich auch noch mit meinem Arsch seinen Autositz voll!

In diesen Ausführungen geht es ja weniger um den Griechen an sich, sondern vielmehr um den Papa und die Tochter und um die übergeordneten Einheiten aus der griechischen Antike, um so die Entstehungsgeschichte von diversen Neurosen und Tragödien zu erklären. Konkrete Ereignisse werden einem geschichtlichen Ganzen untergeordnet. Dahinter steckt ein wenig das dialektische Prinzip, dass ein Mensch immer auch das ist, was er wahrnimmt und erlebt. Gemäß dieser Erfahrungen strukturiert er sein Handeln. Meiner Meinung nach gibt es ein Problem bei der Beurteilung der Welt, der Dinge in der Welt und der Menschen darin, wenn man a) entweder zuwenig erlebt hat oder b) zu viel. Daraus rührt eine Haltung, die nie im Gleichgewicht münden kann. Das Zuwenig erlaubt einem kein Urteil, weil es einen Gegenstand niemals vollständig erfasst. Das Zuviel dagegen verwirrt und verunreinigt den Geist, bringt das Ziel, also die Ordnung, ins Wanken. Wer zu wenig gesehen und erlebt hat, wird häufig dumme Dinge sagen wie: „Die Österreicher sind schlechte Menschen, denn wer so einen Dialekt spricht, kann nichts Gutes im Schilde führen." Wer schon zuviel gesehen und erlebt hat, würde stattdessen vielleicht überheblich sagen: „Die Österreicher sind wie die Bayern, man versteht sie nicht, sie wollen nicht verstanden werden." (Weil er sie zwar gesehen hat, aber er hat sie nicht verstanden. Also gibt es Dinge in der Welt, die auf ihn einwirken, über die er sich nicht vollends im Klaren ist. Das eigene Ich ist schon kompliziert genug, wie kann ich erwarten, einen Österreicher oder einen Bayern in einem Satz zu erklären?) Wie dem auch sei. Beide Konklusionen sind Blödsinn. Irgendwo dazwischen liegt Voula, mit einem Zuwenig an Erlebtem und einem Zuviel an Gelesenem. Sie versucht Ordnung in die Welt zu bringen und beginnt in ihrem Kopf. Weil sie die Vielfalt der Dinge aber nicht ertragen kann, weil eben diese Vielfalt nichts anderes ist als objektiv unbeschreibbar, redet sie viel Blödsinn. Die Welt sollte so sein wie ihr Kleiderschrank, der ihr die Auswahl nicht verdirbt, weil ein Griff genügt, wie ein Satz genügen muss, die Welt zu erklären. Deshalb sagt sie häufig so etwas wie: „Die dicken fetten Deutschen behandeln ihre Kinder schlecht, außer meine Mama. Sie war eine gute Mama." Oder: „Der Grieche ist ein guter Mensch, er muss ja ein guter Mensch sein, wenn man sieht, was er Gutes isst." Und Rumms, scheppert in der Wohnung über uns die Tante vom Faustschlag des Onkels in die Balkonbepflanzung.

Guten Appetit. Zu wissen, dass es solche und solche gibt, und dennoch die Welt so zu beschreiben, wie man sie sehen möchte, mit einer Überzeugung, die zweifeln lässt, ob sie ahnt, sich im Blödsinn zu verlieren, tut weh. Sie steigert sich in eine seltsame Art des Nationalwahns, ähnlich wie Nietzsche, der der deutschen Küche unterstellte, sie sei verantwortlich für den kulturellen Niedergang. Und jetzt fragen wir uns, wie Nationalwahn entsteht und ob wir einzig von der Tomate oder von der Beschaffenheit des Krauts auf den Charakter schließen dürfen?[7]

Bei Voulas Idealisierung des Vaters liegt es nahe, dass der Grieche an sich ein guter Mensch sein muss. Auch wenn genau dieser Vater an diversen Neurosen leidet. Auf dem Marmorboden der Terrasse bildete sich nach dem Strandbesuch ein kleiner Roststreifen vom Wäscheständer, weil Voula ihren nassen Bikini dort aufgehängt hatte. Diese Katastrophe wurde vom General wie folgt kommentiert und widerspruchslos von der Tochter zur Kenntnis genommen: „Ich lebe ein halbes Leben hier und mir ist das noch nie passiert. Dann kommst du für fünf Tage und alles ist kaputt."

Als wir einen Abend angenehm müde und satt auf dem Balkon saßen, fragte er uns, was wir noch unternehmen wollten und Voula leitete die Frage höflich an mich weiter. Ich fühlte mich mit meiner Zigarette und dem Glas Retsina vor mir wie die alte Frau und das Meer, deshalb antwortete ich, dass ich gerne zu Hause bleiben würde, statt ins Dorf zu gehen. „Dann bleibe ich auch," sagte die Tochter des Vaters, welcher sie dar-

---

[7] Na gut, bei der holländischen Tomate würde ich eine Ausnahme machen...

aufhin zu sich zitierte und ihr befahl, gefälligst das zu tun, was sie wollte, und er wüsste genau, dass sie ins Dorf gehen wollte. Wer weiß schon wirklich, was er will?

Eines Tages bekam Voula Besuch von einer Geliebten aus Deutschland, die ebenfalls griechischer Abstammung ist und in gleicher Manier den Urlaub bei ihren Eltern in einem ähnlichen, 150 km entfernten Bergdorf verbrachte. Nennen wir sie der Einfachheit halber Noula. Voula und Noula waren verdammt heiß aufeinander und wenn wir ehrlich sein wollen, liebten sie sich sogar. Aber es war eine komplizierte Liebe, was uns vor dem Hintergrund der bisherigen Landeskenntnisse nicht weiter verwundert. Vielleicht hatte sich Voula auch nur in Noula verliebt, weil sie somit eine griechische Projektionsfläche, eine heroische Ikone neben sich selbst geschaffen hatte. Ich erinnere nur, dass alles immer fürchterlich dramatisch war. „Jetzt oder nie“ „Ich liebe nur dich, aber ich spüre, dass du mich töten würdest.“ „Tausend Sterne am Himmel, aber du leuchtest am hellsten!“ Das Ganze per SMS und zur Hälfte in deutscher, zur Hälfte in griechischer Sprache. Wegen der damit verbundenen Tragik. Selbstredend.

Leidenschaftlich und eindeutig sexuell wurde es zwischen den beiden für gewöhnlich erst, wenn eine Flasche Retsina die Angst vor der Enthüllung raubte. Der General hätte beide umgebracht, wenn er von der heimlichen Perversion seiner Tochter erfahren hätte. Und ich wäre wie immer Schuld gewesen. Im Vorfeld des Urlaubs wurde ich extra darauf hingewiesen, dass das Wort „lesbisch“ ein Tabu sei. Ich fragte daraufhin, ob ich mir die Fußnägel lackieren sollte und ob mein kariertes Hemd überhaupt noch mit dürfte...

Noula übernachtete also bei uns. Der General schlief auswärts. Ich zog in der Gewissheit, dass das Erleben von Sexualität zur Entspannung führt, auf die Couch im Wohnzimmer und überließ den beiden das Mottenkugel-Schlafzimmer. Die daraus resultierende Geräuschkulisse wurde mir kommentarlos am Folgetag in die Schuhe geschoben. Schließlich hatte ich zuvor in dem Schlafzimmer genächtigt, welches unmittelbar an das Zimmer der Kloster-Tante und ihres Schuhverkäufers grenzte. Die moralisch vorwurfsvollen Blicke der geballten Religiosität eines ganzen Landes töteten ergo nicht Voula oder Noula, sondern mich. Das relativierte sich jedoch alles, wusste ich doch nicht mehr, was schlimmer war: Dass ich nachts mit wem auch immer im Bett des Vaters rumfickte oder wahllos Teller aus dem Woolworth Sortiment ruinierte und verschwinden ließ.

Voula und Noula trennten sich noch in diesem Urlaub. Per SMS. „Ruf mich nie wieder an! Ich will, dass du aus meinem Leben verschwindest.“ Ich weiß bis heute nicht, warum und kann mir nur vorstellen, dass es ein kommunikatives Missverständnis auf der Basis bilingualer SMS-Nachrichten gewesen sein muss.

Irgendwann flehte ich Voula auf Knien an, ob wir die Kadettenschule nicht für ein paar Tage mit einer einsamen Insel austauschen könnten. Ich war schon so weit, freiwillig unter Brücken zu schlafen, um diesem Martyrium zu entkommen! Vor unserer Abreise auf die

Insel Thassos fragte der General: „Wer wird das bezahlen?" Und Voula sagte: „Weiß nicht." Dann gab er ihr 30.000 Drachmen, also 50 Euro, und rechnete ihr vor, dass sie ihn seit ihrer Ankunft vor sieben Tagen schon 100 Euro gekostet habe. Ui.

Sie hätte antworten können, dass ich für das meiste aufkomme, was ich ihr zuvor angeboten hatte. Doch so hörte es sich an, als müsste er für mich mit bezahlen, was ihm nicht gefallen haben dürfte, schließlich schwitzte ich ja seinen Autositz bereits voll, kopulierte in seinen Kissen und spülte mit dem falschen Schwamm.

Im Urlaub soll man ja nicht so auf den guten alten „Pfennig" gucken, deshalb hatte ich ein großzügiges Taschengeld einkalkuliert. Aber als Voula mir auf Thassos ihre Milchmädchenrechnung über die Günstigkeit dieses Urlaubs präsentierte, dachte ich, sie hätte die Rechnung ohne den Wirt gemacht. Natürlich ist so ein Urlaub billig, wenn ich kein Geld mitnehme. Dann kann ich auch keines ausgeben.

Wir sehen, die Stimmung wurde zunehmend aggressiver. Auf Thassos selbst ereigneten sich merkwürdige Dinge. Als wir unser Domizil betraten, begannen wir hysterisch zu lachen und unsere Klamotten wie entlassene Sträflinge in dem gemieteten Wohnwagen auf einem Campingplatz zu verteilen. Gezielt Dreck zu machen, schien uns eine geeignete Methode der Kompensation zu sein, schließlich hatten wir einige Tage strengster Erziehung genossen. Für einen Moment überlegte ich sogar, ob ich nicht aus kindischem Protest eine große Ladung Sand auf meiner Matratze verteilen sollte.

Die Erkundung der Örtlichkeiten stand uns bevor. Wir entdeckten eine schlecht besuchte Taverne direkt am Strand und lernten den Kellner Vasily kennen. Dieser entpuppte sich als umgänglich, unaufdringlich und wenig unterhaltsam. Er lud uns einen Abend ein, mit ihm in eine Bar auf dem Berg zu fahren. Wie ich so im Allgemeinen zu scherzen pflege, sagte ich: „Prima, vielleicht vergewaltigt er uns ja, dann haben wir endlich mal wieder Sex.“ Diese Art Humor ist vor dem Hintergrund der kulturellen Andersartigkeit leicht missverständlich. In einem Land wie diesem bezahlen Männer noch alles für Frauen, wenn sie sie ausführen. Wer weiß, was dahinter steckt? Keine Ahnung. Auf jeden Fall verbrachten wir erst eine halbe Stunde in einer Disco für betrunkene Jugendliche, die halb nackt auf einem Haufen zu den neuesten Sommerhits tanzten und die ersten Gehversuche auf dem Gebiet der sexuellen Annäherung unternahmen. Für eine wissenschaftliche Beobachtung hoch interessant, aber ich habe ja Urlaub. Also: raus da, rein ins Auto und ab auf den Berg, wo sich das gleiche Prozedere wiederholte, allerdings mit Publikum in unserem Alter und mit griechischer Musik. Vereinzelt tanzte jemand dramatisch zu Liedern mit Texten wie „Ich brenne für dich und du hast mein Herz geklaut“, wozu die anderen Gäste in die Hände klatschten. Busuki nennt man das, oder so ähnlich. Sehr spannend, aber auf mich als Mitteleuropäerin mit sauerländischen Wurzeln wirkte es etwas pathetisch und befremdlich. Also trank ich und langweilte mich nach dem dritten Bier. Es war sehr laut und ein Gespräch schien unmöglich. Unser Vasily deutete noch an, dass er nur tanzen würde, wenn er betrunken sei und so flossen etliche Gläser Rum durch seinen Schlund. Argwöhnisch beobachtete ich das Treiben und wurde zur Zeugin, wie er sich erhob und den Tanz tanzte. Voula tat es ihm daraufhin gleich und ich ahnte schon, dass ich die nächste sein würde. Wobei ich kein intrinsisches Bedürfnis verspürte, zu tanzen. Im Gegenteil: mir wurde mulmig, wollte ich mich doch weder nüchtern noch betrunken eines Rituals bemächtigen, welches mir gänzlich unbekannt schien.

Die griechische Mafia duldete keinen Widerspruch. Man zog mich vom Barhocker, griff nach meinen Handgelenken und dachte, es sei eben doch mein Bedürfnis zu tanzen, ich genierte mich gewiss nur ein wenig. So wie der General zu wissen pflegte, was seine Tochter wollte.

Dem war jedoch nicht so, und nach zweimaligen gewalttätigen Versuchen, mich auf die Tanzfläche der griechischen Dorfdisco zu ziehen, bemächtigte ich mich eines bösen Blickes. Eines wirklich bösen Blickes, in dem sich die geballte Entmündigung der letzten 9 Tage entlud. Dieser Umstand wiederum bestürzte meine Reisebegleitung Voula außerordentlich, hatte sie doch soeben einen Kontrollverlust beobachtet, der ihrer Auffassung von Kontrolle zuwider laufen musste. Bei der Rückkehr in die Unterkunft ergänzte ich den bösen Blick verbal, indem ich zu verstehen gab, dass ich meine Bestimmung nicht darin sähe, als Dorfhete getarnt Folkloretänze aufzuführen, in dem Wissen darum, mit einem sturzbetrunkenen Bauerntrampel, der uns soeben einen Fast-Brudermord gestanden hatte, nach Hause fahren zu müssen. Eine weitere griechische Tragödie, die ich dem interessierten Leser nicht vorenthalten möchte. Vasily hatte einst einen Bruder, der ihm die Stereoanlage zerstörte, weil der Bruder eifersüchtig auf die Frau unter Vasilys Bettdecke war. Für diese Stereoanlage hatte Vasily monatelang hart gearbeitet. Er griff den älteren und stärkeren Bruder an den Haaren und zog ihn heraus zum Strand an das Meer. Dort kam es zum Kampf und Vasily hätte den Bruder fast ertränkt, wenn die Mutter nicht verzweifelt eingegriffen hätte. Der Bruder zog am Folgetag aus und ward nicht mehr gesehen. Vasily sühnte seine Tat, indem er sein Leben dem Ausschank in der elterlichen Taverne verschrieben hatte. Vater und Sohn sprachen nicht mehr miteinander. Vasily entwickelte Neurodermitis und blickte fortan in den Momenten, in denen keine Gäste kamen, melancholisch auf das Meer. Man wusste nur nicht, ob er um die Stereoanlage trauerte oder um seinen verloren gegangenen Bruder.

Ich aber hatte ein viel grobschlächtigeres Verbrechen begangen. Ich hatte Voula und ihr Land verraten. Ich hatte mich geweigert, betrunkenem Brauchtum beizuwohnen. Sie war bestürzt ob der Heftigkeit oder Trefflichkeit meiner Worte.

Meine Versuche, mich am Folgetag zu entschuldigen, schlugen fehl. Sie steigerte sich in den Glauben hinein, dass meine Reaktion unverzeihlich und respektlos gewesen sei. Ihre Hartnäckigkeit sollte den Stolz ihres Landes repräsentieren, war aber nicht mehr als die infantile Weigerung, den Vorfall der Freundschaft zuliebe wegzudiskutieren. Hätte sie so viel Stolz gezeigt, als der General sie beschuldigte, seine Wohnung mit einem Flecken zerstört zu haben oder ihn finanziell zu ruinieren, dann wäre dieser Stolz gewiss angemessener gewesen.

Am Tag unserer Abreise von der Insel bezahlte ich wortlos unsere Unterkunft, nachdem Voula mir dreimal vorgerechnet hatte, was 5 Übernachtungen zu a) 9.000 Drachmen, b) 10.000 Drachmen oder c) 11.000 Drachmen pro Nacht kosten würden. Wir hatten nämlich vergessen, was die Vermieter bei unserem Einzug für einen Preis genannt hatten. Das wären dann a) 12 Euro, b) 13 Euro oder c) ca. 14 Euro gewesen. Pro Person also ca. 6,50 Euro pro Nacht zur Hauptsaison. Dafür bekommt man in Deutschland kein Frühstück...

Der General hatte uns am Telefon erzählt, dass er uns auf dem Festland nicht abholen könnte. Wir reisten für weitere drei Stunden mit dem bereits erwähnten griechischen Bus, was schon alleine deshalb nicht einfach ist, weil der gemeine Tourist nicht entschlüsseln kann, wohin so ein Bus fährt, wenn Παλεηαρι oder Τηεσσαλονικι auf der Anzeigentafel steht. Ich schließe nicht aus, dass der Vater wusste, was eine solche Tortur bei 45 Grad im Schatten bedeutet. Vielleicht sollte die Busfahrt die gerechte Strafe für die Erholung sein, die wir uns fern von der Kadettenschule erhofft hatten.

Zurück beim General putzten, kochten und spülten wir, was die flinken Finger hergaben. Man erlaubte uns sogar, die Waschmaschine zu benutzen. Die Einführung für die Benutzung dieses Geräts dauerte dreimal so lange wie die Anleitung zur Benutzung der Duschkabine. Doch sobald der General das Haus verließ, verstummten selbst die nichtigen Kommunikationssequenzen des „Reichst du mir bitte mal das Trockentuch?“

All meine Versuche, Voula friedlich zu stimmen, wurden weiterhin vehement von ihr abgewiesen. So wurden die letzten vier Tage auf dem Festland zu einem idiotischen Dilemma auf 50 Quadratmetern. In Gegenwart der Verwandtschaft würdigte Voula mich keines Blickes. Dort erhärtete sich der Verdacht, ich hätte Voula womöglich im Bett des Vaters vergewaltigt.

Was ist dann die Moral von der Geschichte?

Vielleicht ist es die Erkenntnis, dass eine gute griechische Tomate noch lange keinen guten Menschen züchtet. Vielleicht ist es die Erkenntnis, dass man keine Gäste einladen sollte, wenn man keine Gäste mag. Vielleicht ist es die Erkenntnis, dass große Gefühle wie Liebe und Stolz gut dosiert an der richtigen Stelle zum Ausdruck gebracht werden sollten. Vielleicht ist es aber auch die Erkenntnis, dass Doppelmoral die Wurzel für ein lebenslanges Lügen ist. Dass ein Mercedes und eine geputzte Wohnung nicht über die Versäumnisse und Verfehlungen vieler Jahre hinwegtäuschen können. Vielleicht ist es aber auch die Erkenntnis, dass sich diese Art von griechischen Tragödien überall auf der Welt und seit Menschengedenken ereignet.

TEIL 2

Brigitte-Psychologie

Warum Blondinen anders riechen und nicht kochen können

Als ich sie das erste Mal sah, musste ich lächeln. Und sie lächelte zurück. Es gibt diese Art von Frauen, die mit einem Blick bereits mehr gesagt haben, als andere in zwei Jahren voller Augenblicke zu sagen vermögen. Das reizte mich, und ich lud sie zu mir ein.

Dann lag sie da. Sie sah wunderschön aus, hatte ebenmäßige Gesichtszüge, intelligente, warme Augen, in deren Grün eine bemerkenswerte Neugierde wucherte. Ihr Körper war durchtrainiert und schimmerte mit lässiger Eleganz im Sonnenaufgang, der sich durch mein Fenster schlich. Die Haut wie aus Bronze, eine Hymne an Kuba. Am Ende ihres langen Rückens streckte sich mir ein knackiger Po entgegen, der viel versprechend danach gierte, berührt zu werden.

„Schlaf mit mir."

„Nein," sagte ich überzeugend. Ich konnte einfach keinen Sex mit ihr haben. Es ging nicht.

Später, als sie fort war, fragte ich mich, warum. Für gewöhnlich lasse ich nichts anbrennen, schließlich bin ich eine Abenteurerin, die von ihren Abenteuern lebt. Nun war sie nicht zu einem klassischen Abenteuer geworden, gab mir aber mit ihrem Weggehen dieses Rätsel auf.

Es könnte an ihrem Geruch gelegen haben, grübelte ich. Süß und herb, eine Mischung aus Poren und Parfüm. Oder an ihrer Haarfarbe? Sie war blond. Ob blonde Frauen anders riechen?

Ich machte mich auf, dieses Phänomen zu ergründen. Im Zug weiteten sich meine Nasenflügel, sobald sich eine Blondine neben mich setzte. Blonde Freundinnen mussten sich einer Geruchsprobe unterziehen. Mit nicht zu bändigendem Wissensdurst steckte ich meine hungrige Nase hinter ihre Ohren, weil ich dort eine besonders intensive Duftnote von Haut und Haaren vermutete. Das Ergebnis war erschreckend: Ja, Blondinen rochen anders. Jede für sich genommen noch einmal ganz besonders anders.

Ich fragte Marion. Sie war Friseurin und musste es wissen.

„Blondinen sind klasse," behauptete sie und biss in ihr dreifach belegtes Baguette, so dass ein Klumpen Remoulade zwischen ihren Zehen landete. Es schien sie nicht weiter zu irritieren. Ich hatte sie in ihrer Mittagspause mit dem Baguette bestochen und auf einen Spaziergang eingeladen.

„Wie kommst du darauf?" bohrte ich nach und bestand auf Erklärungen. Jetzt schaute ich auf ihre Füße und beobachtete, wie sich die Soße gleichmäßig im Fußbett ihrer Sandale verteilte. Während sie aß und lief und Remoulade zwischen ihren Zehen verschmierte, gab sie mir eine Einführung in Goethes Farbenlehre. Marion entpuppte sich als wahre Pigmentexpertin mit Hang zur Genitalfixierung. Sie vertrat die Auffassung, Blondinen verbergen hinter einer matten Oberfläche eine hinreißende Tiefgründigkeit, zu der man Schicht für Schicht vordringen müsse. Das sei allemal besser, als das fadenscheinige rassige Temperament der Dunkelhaarigen. Dahinter stecke meist gähnende Leere, und unterm Strich seien alle Dunkelhaarigen eine riesige Mogelpackung. Außerdem hätten Blondinen so schöne rosige Muschis. Eine Brünette dagegen verfüge aufgrund gut verteilter roter und grüner Pigmente für gewöhnlich über ein olivefarbenes Geschlechtsorgan.

„Mein Gott, Marion, was du alles weißt!" entfuhr es mir mit Hochachtung in der Stimme. Insgeheim dachte ich aber darüber nach, ob ich als Brünette eine olivefarbene Muschi hatte und ob dies am Ende verwerflich war. Hatte ich grob fahrlässig gehandelt, indem ich mir diese blütenfrische und rosige Muschi hatte entgehen lassen? War ich denn noch zu retten? Wo doch Blondinen neuesten Erkenntnissen zufolge wegen des wachsenden Ozonloches vom Aussterben bedroht sind. Ich ärgerte mich maßlos über das entgangene Abenteuer.

So informativ Marions Ausführungen auch gewesen sein mochten, eine Antwort auf meine Frage boten sie mir nicht. Ich versuchte, mich zu erinnern, ob ich schon einmal mit einer blonden Frau zusammen gewesen war. Katja, Maria, Ellen, Stephanie, Doris. Doris hatte ihre Haare schwarz gefärbt und immer, wenn wir uns stritten, konterte ich routiniert: „Ach, Du bist doch im Grunde blond," was gleichbedeutend war mit: „Du brauchst nicht mehr weiter zu reden, ist ja eh alles Blödsinn, was du sagst." Aber roch sie anders?

Ich kombinierte weiter und beschloss, die Thematik zu psychologisieren. Welche Haarfarbe hatte meine Mutter? Hier schien der Schlüssel zu liegen. Sie war blond! Und sie konnte nicht kochen. Es war nahe liegend, dass Blondinen aus meinem Beutefangschema herausfallen. Nicht nur Männer suchen in der Frau eine gute Versorgungsgrundlage. Nein, auch Lesben brauchen hin und wieder eine warme Mahlzeit. Um meine Hypothese zu verifizieren, rief ich bei der eingangs erwähnten Blondine mit der – so ist zu vermuten – rosigen Muschi an. Beiläufig fragte ich sie, wie gut sie in der Küche sei. Als sie ohne zu zögern gestand, nicht kochen zu können, setzte ich mich an meinen Schreibtisch und verfasste einen wissenschaftlichen Aufsatz für die tiefenpsychologische Zeitschrift „Meine Mutter und ich" mit dem Titel: Warum Blondinen anders riechen und nicht kochen können. In der Zwischenzeit habe ich auf zahlreichen Kongressen zu diesem Thema referiert. In den Programmheften stehe ich als Brigitte-Psychologin. Verstehe ich gar nicht...

„Je mehr Leute es sind, die eine Sache glauben,
desto größer ist die Wahrscheinlichkeit,
dass die Ansicht falsch ist.
Menschen, die Recht haben, stehen meistens allein.“
Sören Kierkegaard (1813-1855)

Der Gruppen-Onanie-Workshop

Alljährlich trifft sich die *Gesellschaft für Psychosomatische Erkrankungen* in einer beliebigen deutschen Stadt unter dem Decknamen Lesbenfrühlingstreffen. Ich war 28 Jahre alt, als ich das erste Mal von diesem Treffen hörte, das regelmäßig bis zu 3000 Anhängerinnen der Gesellschaft anzieht. Damals ahnte ich noch nicht, dass Lesben bevorzugt in Problemzusammenhängen auftreten. Bis auf meine lesbische Nachbarin Gudrun, die Akne hatte, wies niemand um mich herum gravierende psychosomatische Störungen auf. Das Lesbenfrühlingstreffen belehrte mich eines Besseren. Ich lernte eine Menge merkwürdiger Phänomene kennen.

Besonders hervorheben möchte ich meine erste Begegnung mit dem Damenbart – und ich meine nicht den Damen-Schnauzer aus feinen blonden Härchen auf der Oberlippe. Eine Gruppe von psychosomatisch am Damenbart Erkrankten züchtete diverse Varianten: Es gab den Ziegenbart, den Vollbart und den Backen-Bart. Wildwuchs, wohin mein Auge blickte. Naiv ging ich davon aus, dass es sich bei den Bärtigen um Elektriker, Hausmeister und Wachpersonal handeln musste. Doch so viel Brust würde selbst ein eifriger Handwerker, der sein Leben lang östrogenhaltiges Bier trank, nie bekommen.

Die Bart-Lesben, wie sie sich nannten, bildeten nur eine kleine Fraktion inmitten vieler anderer, die von einer übergeordneten Instanz, den Orga-Lesben, betreut wurden. Die Orga-Lesben, von denen ich blauäugig annahm, sie hießen Orga-Lesben, weil sie die meisten Orgasmen in einem sonst tristen Dasein erlebten, wiesen explizit auf den Umstand hin, dass Rücksicht auf die psychosomatische Problematik des Missbrauchs von Alkoholika zu nehmen sei. Die Lesben mit einem Alkoholproblem hatten einen so enormen Einfluss auf die Ausrichtung der gesamten Veranstaltung, dass es tagsüber nirgendwo Bier zu kaufen gab. Selbstverständlich mussten die Besucherinnen auch Rücksicht auf den Missbrauch von Medikamenten nehmen. Und auf den Missbrauch von anderen Lebensmitteln, die in irgendeiner Hinsicht mit Genuss verbunden waren wie Zigaretten oder Bockwürstchen mit Senf. Und auf den sexuellen Missbrauch. „So ein Blödsinn," fuhr es mir durch den Kopf. Kann ich hier niemanden sexuell für meine Zwecke missbrauchen? Aber dann beschloss ich, diesen Umstand zu akzeptieren, denn wenn ich „ES" getan hätte, hätte ich jetzt womöglich auch eine psychosomatische Erkrankung. Wer weiß denn, ob das ansteckend ist?

Nicht unerheblich groß war die Fraktion der psychosomatisch intellektuellen Lesben. Die Symptome einer intellektuellen Lesbe, so schlussfolgerte ich nach zuvor erfolgter Anamnese als teilnehmende Beobachterin, bestanden im Wesentlichen darin, alles Verhalten und jede Äußerung zu politisieren. Sie diskutierten gesellschaftliche Phänomene wie heterozentristische Homophobie, und während ich eine gleichermaßen am Intellekt wie am Damenbart Erkrankte näher betrachtete, wusste ich plötzlich, warum Eltern ihre Kinder vor Homosexuellen schützen wollten. Im Zuge solcher Diskurse entstand eine grobe Verunglimpfung jeglichen Anflugs von Humor. Dies war einfach nicht der richtige Ort für Wortspiele.

Nach einer Einführung in die lesbische Regelkunde – eine Frau mit kurz geschorenen Haaren und Nickelbrille bepinselte ein Transparent für die geplante Demonstration mit dem Schlachtruf „Wenn wir gemeinsam menstruieren, sind wir stark!“ –, zog ich mich reflektierend zurück. Welche psychosomatische Krankheit hatte ich und warum war ich hier? Ich kaufte mir ein Programmheft im Büro der Orgasmus-Lesben und suchte verzweifelt nach meinen Symptomen und nach einer Diagnose. Während ich mich in eine 700 Meter lange Schlange reihte, blickte ich mich neugierig um. An den Wänden hingen beschriftete Raufaser-Tapetenrollen mit einem Manifest gegen den Sadomasochismus. Ich hatte davon gehört, dass es Menschen gab, die es genossen, sich beim Sex die Hände zu fesseln oder die Augen zu verbinden. Auf dem Lesbenfrühlingstreffen wurde dieses Verhalten jedoch kriminalisiert, und ich begann, mich zu schämen, weil mir meine Liebste beim Sex auch schon mal die Augen verbunden hatte. „Sag das bloß niemandem hier,“ ermahnte ich mich. Das scheint Gewalt zu sein, wie es von den Wänden in großen Lettern vorwurfsvoll in das Gewissen sprang. Schlimmer noch: es war patriarchale Gewalt! Komisch, dachte ich. Wenn es patriarchale Gewalt war, warum war dann damals bei meiner Geliebten und mir kein

Mann dabei gewesen? Die Frage blieb unbeantwortet, da ich nicht wagte, sie laut zu stellen. Ich wollte um nichts in der Welt mit irgendjemandem diskutieren.

Nach zwei Stunden in der Schlange war ich endlich stolze Inhaberin eines Programmheftes, das mich durch das Wochenende geleiten sollte. „*Lesben und die Malerei*" stand dort. Mh, ... konnte ich malen? Nein. Gab es an der Volkshochschule Kurse, die „*Heterosexuelle und die Malerei*" hießen? War Malen auch eine psychosomatische Erkrankung? Offensichtlich ja. Und was sollte das alberne Abwandeln des Substantivs Malen in Malerei? Das klang so westfälisch, wie meine Oma, wenn sie klagte: „Diese scheiß Kocherei!"

Ein anderer Workshop hieß „*Meine Freundin hat Neurodermitis.*"

„Dann soll sie doch zum Hautarzt gehen," dachte ich und blätterte weiter. Den Kurs „*Ich bin eine Co-Mutter! Na und*?" bot eine gewisse Ulla auf Seite 42 an. Eine Co-Mutter? Was war das? Coop-Mütter kannte ich. Das waren die Frauen im Supermarkt, die ihre Kinder schlugen. Hatte man hier bewusst eine Silbe weggelassen, so wie man sie wahllos bei der Malerei hinzugefügt hatte? Ging es hier um matriarchale Gewalt und war dies legitim?

Darüber hinaus tummelten sich im Programmheft „*Dicke Lesben*", „*Lesben mit Brüsten*" (eine außergewöhnliche psychosomatische Erkrankung für eine Frau, wie ich fand) und Lesben, die Probleme mit ihrer Herkunft hatten. Für jede regionale und religiöse Randgruppe wurde eigens ‚ein Raum geschaffen'. Eine diplom-demagogische[8] Redewendung, das lernte ich schnell. „*Sich Räume schaffen und sich abgrenzen.*" Diese Räume hießen Schutzräume. So kam zu meiner Verwunderung auch noch eine perfekt inszenierte strikte Rassentrennung zwischen jüdischen, schwarzen und schwäbischen Lesben zustande. Für die Schutzräume suchten die Orgasmus-Lesben in einem fort über einen Lautsprecher Schutz- und Putzlesben. Ich überlegte kurz, ob ich mich als Putzlesbe melden sollte, weil ich Sauberkeit für erstrebenswert halte, aber ich litt nicht an einer Putzneurose, weshalb ich den Gedanken schnell wieder verwarf.

Recht interessant fand ich den Workshop „*Lesben und Safer Sex*". Schließlich musste es doch Möglichkeiten geben, sich vor diesen psychosomatischen Störungen zu schützen. Mehr noch faszinierte mich allerdings die Vorstellung, selber einen Workshop anzubieten, der die einzige Lücke schloss, in die noch keine Referentin vorgedrungen war. Es musste etwas sein, das den Betroffenen Erholung versprach. Eine Kur von der Krankheit. Etwas, das Lust bereitete und bei dem man sich nicht anstecken konnte. Ich kaufte eine Dose Bier im nahe gelegenen Supermarkt und grübelte angestrengt. Nach dem dritten Schluck aus der Dose fiel es mir wie Schuppen von den Augen. Onanie! Mit Onanie konnte man sich unmöglich anstecken.

---

[8] Früher dachte ich, es hieße „Diplom-Pädagogik", aber nach dem Lesbenfrühlingstreffen weiß ich, dass ich mich geirrt habe. Es heißt „Diplom-Demagogik". Oder Diplom-Dermatologik, wenn wir es aus der Perspektive einer neurodermitischen Lesbe betrachten. Im Zusammenhang von intellektuellen Lesben muss man „Diplom-Dogmatik" sagen.

In dem Foyer der eigens für die jährliche Versammlung der Gesellschaft angemieteten Hallen gab es ein Spontanveranstaltungsbrett. Ich suchte eine Orgasmus-Lesbe und lieh mir von ihr ein grünes Stück Pappkarton, auf dem ich mit rotem und schwarzem Edding notierte:

Gruppen-Onanie-Workshop
Masturbation auf Zeit
Wer zuerst kommt, malt zuerst.

„Wer zuerst kommt, malt zuerst" wählte ich in Anlehnung an die Malerei. Ich hoffte insgeheim, einige Interessentinnen aus dem Mal-Kurs für mein Vorhaben gewinnen zu können. Und um den Disput zwischen den diversen Gruppierungen anzuheizen, fügte ich hinzu:

SM-Lesben gegen Feministen.

Bei den Feministen ließ ich extra eine Silbe weg, da es üblich war, neue Wörter zu erfinden wie bei den Coop-Müttern. Zu guter Letzt forderte ich die Interessentinnen auf, am Sonntag um 16 Uhr vor den großen Plenarsaal zu kommen. Ich hängte das überdimensional schimmernde Plakat an die Stellwand und setzte mich im Anschluss an die Vorbereitungen auf die Treppenstufen des Gebäudes. Von dort hatte ich einen optimalen Blick auf die Passantinnen und beobachtete die Reaktionen auf mein herausragendes Plakat.

Vier Lesben mit Brüsten (eine dicke Lesbe und zwei mit Neurodermitis sowie eine, die aussah, als könne sie malen) blieben besonders lange vor der Ankündigung stehen. Sie entfachten eine Diskussion, in deren

Verlauf sich weitere Lesben mit Brüsten einreihten. Plötzlich stieß sogar eine Bartlesbe hinzu und es wurde richtig laut. Leider konnte ich nur Wortfetzen aufgreifen. Die Distanz war zu groß, aber lieber ausreichend Distanz als zuviel Nähe. Überhaupt schien ich nicht die gleiche Sprache zu sprechen. Aus allen Ecken hallte es: „Du, das ist ein Problem von Nähe und Distanz." Was ich besonders häufig hörte, war „Ein Stück weit". Ein Eigenname stand nie ohne Artikel. Aus Silke wurde grundsätzlich „die Silke" und aus Kerstin „die Kerstin". Zusammenfassend hörte sich das so an: „Die Silke und die Kerstin haben ein Stück weit Probleme mit Nähe und Distanz." Folglich wähnte ich mich in sicherer Entfernung vor der Silke und der Kerstin. Einige Brustlesben schmunzelten, einige grunzten Töne der Empörung. Sie sagten so etwas wie: „Das geht mir aber jetzt ein Stück weit zu weit."

Auf diese Weise studierte ich den ganzen Nachmittag die Sprache, die es zu verwenden galt, um bei meinem Workshop verstanden zu werden, sofern sich jemand durchringen würde, ein Stück weit daran teilzunehmen.

Abends ging ich auf die Party. Vielleicht sehen die ja anders aus, wenn die sich mal die kunstvoll auf den Leib drapierte Aquarellfarbe vom Körper gewaschen haben, redete ich mir ein. Nö. Da war nichts zu machen. Der Dresscode lautete Batik, und wieder fiel ich aus dem Rahmen. Aus dem Rahmen der Gesellschaft für Psychosomatik. Mit einer Party hatte ich bis zu dem Zeitpunkt stets Vergnügliches assoziiert. Eine Party war für mich per Definition ein Ereignis, bei dem die vielen im Alltag unterdrückten Triebe zur vollen Entfaltung kamen. Zum Beispiel in Form von Sex auf der Toilette. Ein Schild am Eingang wies mich jedoch zurecht. „Rauchfrei“ stand dort. Wenigstens gab es Bier. Das tröstete mich über das bunte Meer gebatikter T-Shirts hinweg, das langsam vor meinen Augen zu einem fließenden Pastellgewitter mutierte. Gegen vier Uhr früh tanzte ich mit einer Lesbe aus Süddeutschland, für die man wohl tagsüber eigens ‚einen Raum geschaffen‘ hatte, denn ich hatte sie bis dahin nirgendwo gesehen. Das „Räume-Schaffen“ und „Sich-Abgrenzen“ schien eine Variante des Einsperrens zu sein. Sie hatte illegal Poppers in die Disco geschmuggelt und bot mir auf der Toilette an, davon zu nehmen.

„Danke,“ erwiderte ich, „das ist aber nett von Dir.“

Sie überreichte mir ein kleines braunes Fläschchen mit einer Flüssigkeit. Kaum hielt ich es in den Händen, setzte ich die Flasche an meinen Mund, um davon zu trinken. Als sie das sah, schrie sie mich an.

„So macht man das nicht!!“

Ich erschrak. Was sollte man sonst mit Flüssigkeiten machen?

„Weißt du nicht, wie man Poppers nimmt?“ lachte sie mich aus. Und ich verteidigte mich gekränkt.

„Woher soll ich das wissen? Ich bin doch nicht schwul! Ich bin doch nur eine Brustlesbe.“ Etwas Besseres fiel mir nicht ein, und es war gewiss nicht gelogen. Meine Poppers-Lesbe beruhigte sich. Ich sollte einfach an der Flasche riechen, empfahl sie mir. Im Gegenzug empfahl ich ihr meinen Onanie-Workshop am folgenden Tag. Sie würde kommen.

„Versprochen," und dabei lachte sie laut und schlug sich auf die Schenkel, so als hätte sie soeben einen Witz erzählt.

Mein Workshop am Sonntag rückte immer näher. Gegen 15.30 Uhr machte ich es mir auf dem Innenhof des Gebäudes gemütlich. Vor lauter Hunger aß ich, erfüllt von Misstrauen, eine Tofu-Wurst. Insgeheim befürchtete ich, mir eine psychosomatische Salmonellen-Vergiftung einzufangen. Und ich beschloss, im nächsten Jahr Bockwürstchen und Bier auf dem Lesbenfrühlingstreffen zu verkaufen. Ich würde die Bockwürste einfach „Bockwürstinnen" nennen, damit keine phallischen Assoziationen auftraten. Das war eine weitere Vokabel, die ich gelernt hatte.

Meine Gedanken wurden abrupt durch eine Horde tanzender, bemalter Brustlesben aus dem Kurs *„Kunst am Körper"* unterbrochen. Die Gruppe hatte scheinbar einen „maternalen Ursprungstanz" einstudiert, den sie im Hof vorzuführen beabsichtigte. Barfuß postierten sich die Teilnehmerinnen im Kreis und drehten sich ganz langsam um sich selbst. Dabei summten sie: „om". Immer wieder: „Om. Om. Om." Und sie lächelten sich an, als sei eine jede einzelne von ihnen die Reinkarnation von Mutter Theresa.

Ich zweifelte für Sekunden an meiner Wahrnehmung. „Merkwürdig," dachte ich. „Die tanzen hier einen feministischen Eiertanz und singen ununterbrochen das französische Wort für Mann. Unfreiwilliges Publikum applaudierte. Jetzt lachte der ganze Innenhof. Eine Mischung aus chinesischer Freundlichkeit und deutscher Dämlichkeit. Doch ich rief mich schnell zur Räson. Schließlich konnte ich nur von ihnen lernen.

Mein Workshop würde in einer Viertelstunde beginnen. Bis dahin studierte ich das adäquate Verhalten. Und die Sprache. Zwei Begriffe schnappte ich noch auf dem Weg zum großen Plenarsaal auf: Destruktiv und konstruktiv.

16 Uhr. Jetzt konnte, musste, würde es losgehen. Doch was war das? Wo war der große Plenarsaal? Ich konnte ihn nicht sehen. Es war unmöglich, zu ihm vorzudringen. Den breiten Flur bevölkerten ungefähr 50 Brustlesben, darunter auch einige wenige ohne Brust, wie ich im Vorbeigehen bemerkte. Schau an, eine Bartlesbe. Und da! Meine Poppers-Lesbe. Sie war gekommen. Ich zwinkerte ihr zu. Dann räusperte ich meine Stimme, bevor ich mich laut als Referentin zu erkennen gab.

„Entschuldigung? Hallo erst mal. Darf ich bitte ein Stück weit um Ruhe bitten?" Ich war bemüht, allen Anforderungen einer Referentin zu entsprechen. Die meisten Referentinnen hießen Dagmar oder Ulla, wie ich dem Programmheft entnommen hatte. Ich nannte mich Dagmar, das fand ich femininer und erwachsener.

„Ich freue mich, dass ihr so zahlreich erschienen seid. Ich bin die Dagmar. Und ich schlage vor, dass wir ein Stück weit weiter gehen, damit wir konstruktiv miteinander arbeiten können." Meine Stimme bekam nun einen zärtlichen Unterton. Ich muss sehr friedlich gewirkt haben, denn alle lächelten mich auf diese freundliche Art an, die einem in asiatischen Restaurants zuteil wird. Ich schlug vor, das Gebäude zu verlassen und auf die Wiese zu gehen. „Der Plenarsaal scheint mir ein Stück weit zu klein. Diejenigen unter euch, die gegen Natur allergisch sind und ihre Vaginen nicht mit Gräsern anreichern möchte, empfehle ich, noch schnell eine Wolldecke oder eine Iso-Matte zu organisieren." Einige kicherten. Ich blieb ernst, denn ich war Dagmar, die Referentin. Ich war wichtig.

Wie eine Entenmutter schritt ich voran nach draußen. Auf einer Wiese hinter dem Gebäude, die ein Gartenzaun und kleine Büsche von der Straße der heterozentristischen Außenwelt trennten, bat ich meine Teilnehmerinnen, sich im Kreis aufzustellen, so wie ich es bei den Tänzerinnen auf dem Innenhof gesehen hatte.

Um Zeit zu gewinnen und mein unausgegorenes Konzept im Kopf zu gliedern, forderte ich die Frauen auf, sich vorzustellen. Das dauerte endlos lange und ich lernte einige Namen, die ich noch nie zuvor gehört hatte: Bandani, Ahuti, Safrani. Aber es waren auch Namen darunter, die, so dachte ich, längst aus dem aktuellen Wortschatz gestrichen waren wie Heidrun, Waltraud oder Olivia.

„Warum sind wir heute hier?" bluffte ich mit einer rhetorischen Frage, so als wüsste ich die Antwort. Und mein Mund redete von selbst. Ich schien die Antwort tatsächlich zu kennen, so sehr identifizierte ich mich mit der wichtigen Dagmar.

„Weil wir einmal ein Stück weit gemeinsam Sexualität erfahren möchten, was ja gerade in Zeiten zunehmender HIV-Infektionen und zunehmender sozialer Isolation wichtig ist. Ich denke, wir sollten uns einmal im Kollektiv auf das Individuum beschränken. Nur so können wir uns effektiv vor einer Ansteckung schützen und nur so lernen wir, uns selbst genug zu sein. Wir dürfen uns nicht in Abhängigkeiten – oder schlimmer noch, in Co-Abhängigkeiten! – begeben. Wir sollten ein Stück weit Verantwortung für uns selbst übernehmen, und das wollen wir heute im Hier und Jetzt miteinander lernen."

Alle sahen mich an. Sie nickten. Prima. Ich hatte den richtigen Ton getroffen und erntete Zustimmung. Es war offensichtlich notwendig, „Ich denke" zu sagen, um meinem Reden den erforderlichen Tiefgang zu verleihen. Immer wenn ich sagte, irgendetwas sei „wichtig", bekam ich besonders große Bestätigung in Form eines nicht enden wollenden Kopfnickens. Ich fuhr fort:

„Ich denke, es ist elementar, dass wir uns nun einmal mit unserer Körperlichkeit befassen und uns intensiv mit unserer Sexualität auseinandersetzen. Hierzu gehört, dass wir ein Stück weit lernen, unsere Geschlechtsorgane zu benennen, um uns selbst mit ihnen vertraut zu machen." Langsam musste ich aufpassen, dass ich nicht übertrieb. Aber es war einfach zu verlockend, die Zuhörerinnen mit Füllwörtern an meine Lippen zu hängen. Sie lauschten meinen Worten und folgten jeder meiner Gesten. Meine Arme dozierten mit einem Eigenleben. Sie holten weit aus und die Fingerkuppen trafen sich in der Mitte vor meinem Bauch.

„Sammeln wir doch am besten einmal alle Begriffe, die uns für die Benennung unserer Vagina zur Verfügung stehen."

Betretenes Schweigen. Peinlich berührte Gesichter.

„Na, na," versuchte ich es mit einem Scherz. „Wer wird denn da gleich rot werden? Ich fange dann mal am besten an, damit wir lockerer werden und damit ihr versteht, was ich meine. Pipimaus ist so ein Wort. Kennt ihr das?“

Kichern. Ahuti meldete sich artig, indem sie einen Finger hob und schnippte.

„Ich kenn auch eins.“ Alle Augen ruhten nun auf Ahuti und sie blickte verschämt auf den Boden.

„Pussi,“ sagte sie dann ganz leise und alle anderen begannen sofort wieder zu kichern.

„Du, Ahuti,“ beruhigte ich sie, „das hast du ganz toll gemacht.“ Und als wäre ich immer schon eine Dagmar gewesen, fügte ich ermahnend für die anderen hinzu: „Das ist nicht lustig! Das ist nämlich für viele Frauen ein Stück weit ein Problem, konstruktiv mit ihrer Muschi umzugehen. Dabei ist es total wichtig, weil wir ja ein Stück weit mir ihr leben. Sie ist ein Teil von uns. Und für unser sekundäres Geschlechtsorgan, die Hand und deren Finger, haben wir auch sehr differenzierte Bezeichnungen gefunden, wenn wir jetzt mal ein Stück weit an den Mittelfinger oder an den Zeigefinger denken.“ Während ich so redete, erhob ich den Zeigefinger wie eine Grundschullehrerin.

Langsam kehrte Ruhe ein. Waltraud, eine Brustlesbe um die 30, meldete sich und sagte:

„Ich habe mal Möse gehört.“ Olivia rief ganz schnell dazwischen, so als meinte sie, sie könnte sich nach dem Wortbeitrag wieder in die letzte Reihe der Schulbank setzen und weiter schlafen: „Bär.“

Jetzt gerieten meine Lesben augenscheinlich in eine interaktive Gruppendynamik.

„Fotze,“ stieß Safrani hervor und ein Raunen ging durch die Menge.

„Cunt.“

„Venushügel.“

„Nee,“ widersprach eine Lesbe mit Neurodermitis. „Das ist doch etwas anderes.“

„Klitoris gehört auch dazu, finde ich,“ sagte Heidrun und meine Poppers-Lesbe warf ein: „Dann auch der Kitzler.“

„Schlimm finde ich auch die medizinischen Begriffe,“ monierte Helga. „Die hören sich immer so steril an.“

„Gut, ich denke, das reicht erst mal.“ Da ich absolut keine Ahnung hatte, was ich hier tat und warum man mich als Autoritätsperson anerkannte, redete ich, wie ich dachte, dass eine Referentin redet, wenn sie etwas zu sagen hat. Ich hatte zwar nichts zu sagen, aber ich beherrschte die Kunst der Improvisation. Also behauptete ich, es sei jetzt ein Stück weit wichtig, diese Begriffe einmal laut auszusprechen, ja, zu rufen.

„Macht es mir einfach nach. Möse!“ rief ich und klatschte dabei humanistisch in die Hände.

„Möse!“ entwich es ihren Mündern erst zaghaft, dann immer lauter.

„Möse!“

„Ja, Möse!“ Und ich schrie: „Fotze!“ Alle klatschten rhythmisch und folgten meinem Schauspiel.

„Fotze!“ Zu diesen urschreitherapeutischen Elementen fügte ich eine Art Foxtrottschritt hinzu, um den Körper auflockernd mit einzubeziehen. Einen Schritt nach rechts, einen Schritt nach links.

„Das Klatschen nicht vergessen! Und jetzt alle: Muschi!“

„Muschi!“ schrieen sie und sie lachten. Sie waren glücklich. Auf der Straße unterbrachen die ersten Passanten ihren Sonntagnachmittagsspaziergang. Sie beobachteten uns. Ich sah, wie Männer mit Hüten auf den Köpfen dieselben schüttelten, als zweifelten sie an der Echtheit unseres Tuns.

Als wir mit diesem Teil des Workshops fertig waren, improvisierte ich mich in Ekstase.

„Das war doch ein Stück weit eine richtig befreiende Erfahrung, die wir hier im Kollektiv gemacht haben, nicht wahr?"

Meine begeisterte Gruppe stimmte mir zu.

„Jetzt imaginieren wir unseren Körper einmal als eine riesengroße Vagina. Unser rechter Arm ist die rechte Schamlippe, unser linker Arm die linke. Wir bringen unsere Schamlippen in Wallung. Und los geht's!" Ich kreiste mit meinen extraordinären Schamlippen um meinen Torso. Das sah unsäglich blamabel aus, doch alle taten es mir gleich. Plötzlich meinte eine:

„Wo ist denn der Kitzler?"

Und eine andere glänzte mit anatomischem Basiswissen: „Der Kitzler müsste jetzt in Kopfhöhe angesiedelt sein."

„Gut," griff ich den kleinen Dialog didaktisch auf. „Dann streicheln wir jetzt mit unserer rechten Schamlippe die Klitoris!" Und ich hob die rechte Schulter so, dass ich mit dem Oberarm meine Nase berührte, die Hand nach vorne weggestreckt. Alle machten sich auf diese Weise einen Rüssel. Die Familien am Gartenzaun, die uns mit zunehmender Belustigung beobachteten, mussten uns für einen Rudel Schabrackentapire halten, das sind ulkige Ameisenbären, vom Aussterben bedroht.

In meinem Kopf entstand plötzlich eine Leere. Die Mädels waren heiß. Die wollten mehr. Aber was nur?

Onanie? Gruppen-Onanie? Was zum Teufel war das überhaupt? Es war doch nur ein Spaß, wollte ich murmeln, doch die erregten Gesichter schauten mich erwartungsvoll an, während sie auf neue Instruktionen warteten. Es gibt Situationen, die sich verselbständigen. Diese war eine davon. Mir blieb gar nichts anderes übrig, als in dem gleichen Stil fortzufahren. Meine Assoziationen rund um die Masturbation brachten den Gedanken an lustvolles Stöhnen hervor, und ich behauptete, es sei wichtig, einmal gemeinsam in der Gruppe zu stöhnen.

„So richtig aus dem Zwerchfell heraus!“ So stöhnten wir, weil das Drehbuch es uns befahl. Weil Dagmar es uns befahl. Diese Dagmar in mir wurde mir langsam unheimlich. Sie gehörte eingesperrt! Man hätte eigens einen Raum für sie schaffen sollen. Zu spät. Dagmar sagte wie von einer fremden Macht getrieben:

„Jetzt berühren wir unsere Brüste.“

Und alle berührten ihre Brüste.

Meine Hand glitt einerseits von Verzweiflung, andererseits wohl von Resignation gesteuert an meinen Hosenknopf, den ich zu öffnen versuchte. Er klemmte. Wie peinlich. Die Brustlesben und auch die ohne Brust berührten weiterhin ihren Busen oder wahlweise das, was dort dem biologischen Geschlecht zufolge sein sollte. Erst langsam registrierten sie, dass ich bereits einen Schritt weiter war.

Was war das? Offensichtlich klemmte nicht nur mein Hosenknopf! Alle fuchtelten lieblos an ihren Hosenbünden herum. Litten wir womöglich an einer psychosomatischen Verstimmung? War dies der Zeitpunkt, in dem alle eine Migräne entwickelten? „Das ist deine

Gelegenheit," durchfuhr es mich wie ein Blitz, und ich resümierte taktisch klug:

„Seht ihr? An dieser Stelle ist jetzt leider Schluss, denn die Selbstbefriedigung ist, wie der Name schon sagt, etwas, das wir mit uns selbst erleben."

Ich kann mich auch irren, aber ich meine, Erleichterung in den Gesichtern wahrgenommen zu haben. Einige flüsterten und kicherten, manche blickten verstohlen auf ihre Füße, als schämten sie sich. Dann applaudierten sie, und ich nahm die stehenden Ovationen – oder sagt frau stehende Ovarien? Oder ist das sexistisch? – dankbar mit einer Verbeugung entgegen. Anschließend verabschiedete ich mich höflich, um mich zunächst langsam, dann immer schneller werdenden Schrittes von der Wiese zu entfernen. Was hatte ich getan? Ich lief zu meinem Auto und raste mit Tempo 180 über die Bahn nach Hause.

Es dauerte Wochen, bis ich mich von dem Ereignis erholt hatte. Erst heute, drei Jahre später, kann ich darüber sprechen. Und wie zur Strafe für meine Schnapsidee konnte ich drei Jahre lang nicht onanieren, ohne an all die Frauen zu denken, wie sie an meinen Lippen hingen. An meinen Schamlippen. Mittlerweile geht es schon etwas besser. Ich habe mich bei der Masturbation zur Zeit auf den Gedanken an gebatikte Schabrackentapire konditioniert.

Helene und Williams Birne

Neulich kam Synchronschwimmen im Fernsehen. Und Volksmusik auf allen anderen Kanälen. Meine Freundin Jutta und ich haben uns für Synchronschwimmen entschieden. Das ist ja nicht so oft im Fernsehen, und man hat schon so viel davon gehört. Da saßen wir nun. Die Bikini-Diät war an uns vorüber gegangen. Der Sommer ja auch. Figürlich waren wir auf dem Stand von kurz nach Weihnachten, weil es ständig regnete und wir uns von Wintergerichten wie Sauerkraut mit Kassler, Gans mit Knödeln und Grünkohl mit Mettwürstchen ernährten. Die Frauen im Fernseher sahen gegen uns aus wie zu Fleisch gewordenes Anabolika, das in einen Schminktopf gefallen war. Zwei der Teilnehmerinnen ließen sich nach der Kür bewerten.

„Ist das rechts ein Mann?" fragte ich Jutta und Jutta zuckte mit den Schultern.

„Man weiß es nicht, man sieht ja nichts." Vor dem Geschlecht war auf dem Bildschirm die Bewertung eingeblendet. Wie beim Eiskunstlauf, nur ohne Schlittschuhe. Aber ein Mann im Badeanzug? Das war sehr unwahrscheinlich und unnatürlich obendrein. Wir suchten nach Indizien wie Brüste und fanden zwei unverheilte Mückenstiche auf sonst makellos maskuliner Körpermasse. Das musste so sein. Eine der beiden Frauen musste nämlich die andere beim Schwimmen ab und zu aus dem Wasser schubsen. Fortan nannten wir die Stärkere die Schubserin. Die Schubserin hatte viel breitere Schultern und war meistens größer. Plötzlich hatte ich eine Idee. Ich schlug vor, dass Jutta und ich doch auch mal an so einer Synchronschwimm-Olympiade teilnehmen könnten. Schließlich sei ich größer und könnte auch gut schubsen (an der Kasse im Edeka).

„Ja," Jutta überlegte, „mhh, aber dann nur in einem Land wie Pakistan."

„Wieso in Pakistan?"

„Weil die da keine Badeanzüge tragen. Wir wären die einzigen und könnten alle Turniere gewinnen."

„Stimmt. Außerdem schwimmt Fett oben. Wir würden zumindest nicht untergehen und ich kann dich unter diesen Umständen hervorragend schubsen." Jutta zeigte sich begeistert und begann, unsere sportliche Karriere in Pakistan zu planen.

„Wir nennen uns Helene und Williams."

„Birne."

„Ja, Helene und Williams Birne aus Pakistan: neunkommaneun, neunkommaneun und dix points!" Sie sah uns schon auf dem Siegertreppchen stehen.

„So einfach ist das nicht." Ich wurde skeptisch, wirkte die Sportart doch auch etwas anstrengend auf mich. „Guck dir mal die Füße von denen an. Das kriegen wir nie hin!" Aus dem Wasser ragten vier Füße, die sich krümmten und aussahen, als hätte man sie in einer Schraubzwinge über Monate hinweg verbogen.

„Wieso?" Jutta konterte. „Ich brauch nur zwei Minuten im Wasser zu sein und schon krieg ich einen Krampf im Fuß."

„Magnesiummangel?"

„Ja, ist doch super für die Weltmeisterschaft. Brauchen wir weniger zu üben!" Die Frauen auf dem Bildschirm krampften und hüpften weiter durch die Fluten.

„Jutta, ich glaub nicht, dass das was mit Magnesiummangel zu tun hat. Auf mich wirken die wie eine Delegation der anonymen Epileptiker. Guck dir die mal an!“

Zwei Spanierinnen zuckten unisono im Wasser, rissen ihre basedowschen Augen weit auf und grinsten so breit, dass wir befürchteten, sie würden durch die Löcher in den Zähnen ertrinken. Die nächste Frage drängte sich uns auf. Ich wunderte mich, warum die Frauen Wäscheklammern auf der Nase trugen. Jutta hatte eine Antwort parat.

„Das ist, weil die sonst ’n Popel aus der Nase verlieren und die Kameras wollen so was nicht im Bild haben.“ Damit gab ich mich nicht zufrieden.

„Ich denke, die wollen einfach kein Wasser in die Nase kriegen. Sonst bräuchten die einen Schnorchel.“ Jutta alias Helene wurde stutzig.

„Das macht doch alles keinen Sinn! Wenn die im Wasser untertauchen, dann hören die die Musik doch gar nicht! Wie will man da tanzen?“

„Aber die tanzen doch nicht umsonst im Wasser.“

„Wieso?“

„Na, die haben es vielleicht in der Disco versucht und dabei gemerkt, dass sie eine Drüsenkrankheit haben. Dadurch haben die so geschwitzt, dass sie dachten, wir gehen lieber im Wasser tanzen!“

„Das macht Sinn,“ sagte Jutta. „Allerdings schwimmen die wahrscheinlich gar nicht im Wasser, sondern im Schweiß der jeweiligen Vorgruppe.“

„Quatsch“, erwiderte ich. „Dann würde die erste Gruppe ja trocken schwimmen!“

„Hast Recht.“ Jetzt fiel ihr was Neues auf. „Da guckt ja niemand zu!“ Die Halle war bis auf die Angehörigen der Schwimmvereine leer.

„Kannst du dir vorstellen,“ fragte sie mich, „dass ich dich frage, ob wir mal zusammen ins Schwimmbad gehen? Samstagabend? Wenn Synchronschwimm-Olympiade in Köln ist?“

„Nö.“

„Siehste?! Deshalb ist das da so leer.“

Ich stand auf und holte meinen Koffer.

Was ich dort täte, fragte Jutta noch, während ich bereits meinen gesamten Hausstand zusammen trug.

„Ich packe für Pakistan. Verstehst du nicht? Das ist DER Sport für uns.“

„Warum?“

„Weil uns niemand dabei zusieht.“

Das sei doch nur ein Scherz gewesen, versuchte sie mich zu bremsen. Zu spät. Ich klemmte ihr eine Wäscheklammer auf die Nase.

„Hier. Üb schon mal. Und auf gar keinen Fall Magnesiumtabletten essen, Helene!“

Die postfeministische Perücke in der Suppe

Was soll uns das sagen? Die Perücke in der Suppe? Nun, wenn wir ein Haar in der Suppe finden, dann stimmt etwas nicht. Finden wir eine Perücke in der Suppe, dann sind mehr Haare als Suppe auf dem Teller, und wir können getrost von der Unverhältnismäßigkeit der Dinge reden. Mit dem Verhältnis zwischen meinem Körper und seiner Körperbehaarung ist dies ähnlich. Die Geschichte hat sozusagen einen langen Bart.

Im Zuge des Gastarbeiter-Integrationsprogramms der frühen 70er Jahre zeichnete sich ab, dass ich südländische Vorfahren bekommen sollte, weshalb ich zu transalpinem Haarwuchs neige. Ich sage ja immer, Freunde kann man sich aussuchen, die Familie nicht. Folglich gilt es, mein kulturelles und familiäres Erbe zu verwalten. Deshalb mache ich mir ständig Gedanken über meine Haare. Wenn andere Menschen darüber nachdenken, wie sie ihr Geld *anlegen* könnten, dann beschäftige ich mich damit, wie ich mein Beinkleid *ablegen* könnte. Und hierzu habe ich ein regelrechtes kosmetisches Manifest, ähnlich dem des frühen Karl Marx oder der späten Christine Kaufmann, entwickelt. Die gesammelten Theorien entspringen der postfeministischen Epoche, in der wir uns befinden. An dieser Stelle müssen wir uns bereits die Frage stellen, ob der dogmatische Feminismus am Ende nicht die bessere Epoche war. In den siebziger und achtziger Jahren hatte schließlich diejenige Frau den ranghöchsten Status, die mit der meisten Körperbehaarung aufwarten konnte. Damals hätte ich eine ganze Stadt voller Amazonen anführen können!

Doch versuchen wir, uns dem chronischen Problem chronologisch und von unten nach oben zu nähern. Es war Anfang der 90er Jahre, als ich in einer sorglos fortgeworfenen Bildzeitung auf Seite drei den fünften Kosmetiktipp der Woche las. Es handelte sich um die populäre Serie eines berühmten Hairstylisten aus Hamburg. „Epilieren gegen die Todsünde der Frau: Beinbehaarung!" lautete die Überschrift und mir stockte der Atem, ahnte ich zu diesem Zeitpunkt noch nicht, dass ich eine Todsünde begangen hatte. Meine Beine waren nicht rasiert. Gut, jetzt nicht gleich in die Buchseiten brechen. Sie sind ja nicht schwarz, sondern blond. Meine Mutter ist nämlich Steinbock.

Ich fuhr zu meiner heterosexuellen Freundin Julia und bat sie um Rat. Heterosexuelle Freundinnen bergen viele Vorteile. Sie lesen Frauenzeitschriften und befassen sich unentwegt mit Schminken, Abschminken, Frisuren, Rasuren und anderen Blessuren. Julia hat ebenfalls südländische Vorfahren. Sie sagt oft, dass sie sich wünscht, Haarausfall zu haben. An den Beinen. Und darum ging es uns primär an diesem Tag im Spätsommer zu Beginn der frühen 90er Jahre, als die ersten Anzeichen der postfeministischen Epoche in Form von magersüchtigen Girlis über das Land rollten. Julia hatte ein nigelnagelneues Set eines Wilkinson-Professional-Handrasierers mit Gitterverzahnung für die Frau auf ihrem Nachttisch liegen. Der Rasierschaum klebte noch an der Packung. Da sie sich nicht getraute, das Experiment als erste durchzuführen, überredete sie mich. Ich sollte dem Zustand der ewigen

Androgynität endlich Abhilfe verschaffen. Ein wenig ängstlich und geplagt von dem schlechten Gewissen, laut Bildzeitung eine Todsünde begangen zu haben, verschwand ich unter der Dusche. Eine halbe Stunde später waren meine Unterschenkel blank wie ein Kinderpopo und der Abfluss verstopft. Trotzdem konnte ich es nicht sein lassen, war irgendwie benommen und fasziniert von der Beschneidung meiner ehemals feministischen Grundrechte. Ich machte mich daran, meine Schambehaarung zu begrenzen. Auf Bikinihosenformat. Also so, dass mehr Hose als Haare den Unterleib zieren. Am Ende ging ich wieder zu Julia in den Garten und beschimpfte sie fürchterlich, weil sie mich als Projektionsfläche für ihr Unvermögen, sich selbst zu rasieren, benutzt hatte. Binnen kürzester Zeit bildeten sich Pusteln, und da muss frau sich die Frage stellen, ob Haare nicht besser sind als Pusteln. Qualitativ und quantitativ. Ich grübelte darüber nach, ob ich noch sexy sei und ob mich jemals wieder eine Lesbe als eine Lesbe er- und anerkennen würde. Nun gut, dachte ich, du hast ja noch mehr Haare, womit wir uns langsam am Körper hocharbeiten, und klein bin ich nicht, weshalb uns noch mehr Auswüchse dieser Art ins Haus stehen.

Als ich mich abends neben der beinbehaarten Julia ins Bett legte, sann ich nach Rache. Wohlweislich hatte sie wegen der zahlreichen Pusteln an meinem Unterleib von der Rasur Abstand genommen. Ich fühlte mich als Versuchsperson missbraucht und schrie innerlich nach Rehabilitation. Im seichten Licht der Nachttischlampe erblickte ich ein Bein, wie es unter der Decke hervorlugte. Vehement forderte ich sie auf, endlich den

Mann von dem Federbett zu befreien. „Der bekommt doch keine Luft!" rief ich ihr entrüstet zu. Selbstverständlich stellte sich heraus, dass es ihr Bein war. Wie ich schon sagte: Unsere Geschlechtsidentität ist unter diesen Umständen nur schwer zu bestimmen.

Nun wird jeder Epochenwechsel stets von zahlreichen Diskursen begleitet, bevor sich so etwas wie Postfeminismus im beobachtbaren Verhalten manifestiert. Wir diskutierten in dieser Nacht bis in die frühen Morgenstunden darüber, wie es sich mit und ohne Haare lebt. Julia behauptete, dass wir bei Körperkontakt durch Fremdpersonen im unrasierten Zustand mit dem Schlimmsten zu rechnen hätten. Beim Berühren des Beins im Dunkeln unter der Decke: „Sag mal, liegt der Hund im Bett oder ist das die Wolldecke?" Beim Berühren der Frontalbauchbehaarung: „Kann es sein, dass deine Schamhaare verrutscht sind?" Oder beim Berühren des Bauches im Allgemeinen: „Du hast mir gar nicht gesagt, dass du ein Kind erwartest!"

Haare sind grundsätzlich irgendwie unerotisch und sogar gefährlich. Beim Oralverkehr wickeln sie sich gerne um die Mandeln und lösen Erstickungsanfälle aus. Da die Liebhaberin aber beim Sex nicht zu husten wagt, weil das ebenso unerotisch ist wie das Haar an sich, wird sie dich früher oder später einfach verlassen, es sei denn, du rasierst dich komplett. Wir wollten uns ja langsam am Körper hocharbeiten, und da können wir das Tabuthema Schambehaarung nicht ausklammern. Lassen wir jetzt mal alle pädophilen Begleitgedanken in ihrer Schublade und stellen uns den Oralverkehr mit einer komplett rasierten Dame vor. Das ist ja, wie wenn man einen Mann küsst, fällt mir spontan wegen der

Stoppeln dazu ein. Auf der anderen Seite muss man nicht husten. Wer sich nun weigert, an seinen Schamhaaren herum zu doktern, kann seiner Geliebten ja nahe legen, sich die Mandeln herausnehmen zu lassen.

Kommen wir noch einmal zur oben bereits erwähnten Bauchbehaarung. Julia und ich sind, und das wollen wir nun nicht länger geheim halten, am ganzen Körper behaart. Es gibt ja so genannte Wolfsmenschen mit richtig viel Fell im Gesicht. Das ist eine Art genetischer Defekt. Demzufolge sind wir ein einziges genetisches Experiment unserer Eltern, denen wir das verdammt übel nehmen. Eigentlich stehen sie in der Pflicht, uns wenigstens eine monatliche Aufwandsentschädigung für die regelmäßig notwendigen Besuche bei der Kosmetikerin zu leisten. Doch Pustelkuchen. Man sagt ja immer, eine Friseurin steht einer Psychologin in nichts nach. Dann gleicht ein Epilier-Studio, in dem man sich mit der Zupfapparatur an uns zu schaffen macht, einer Klinik für Psychiatrie. Wir sind ja auch der festen Überzeugung, dass die Kosmetikerin, die uns epiliert, ihren Laden nach der Behandlung schließen könnte. Die würde sich dumm und dusselig an uns verdienen, es sei denn, ihr wäre daran gelegen, uns als eindrucksvolle „Vorher-Nachher-Beispiele" in ihr Schaufenster zu hängen. Unter diesen Umständen kann sie womöglich infolge regen Zulaufs einige neue Filialen eröffnen.

Da wir jedoch im Zuge drohender Mehrwertsteuererhöhungen sparen müssen, wenden wir uns im Folgenden der Nasenbehaarung zu, die sich gerade im Urlaub zu einer Art Steuerschlupfloch im übertragenden Sinne entwickelt. Als ich im vergangenen Jahr mit Julia in den Süden fuhr, entdeckte sie die Nase als 'Sparmaßnase'. Sie fand heraus, dass sich beim Schwimmen im Meer ganz viel Salz in der Nase ansammelt, und dass dieses dann gut dosiert auf das Frühstücksei gestreut werden könne. In diesem speziellen Fall sollte man von der Enthaarung Abstand nehmen. Zumindest, solange man sich in der Nähe von Salzwasser aufhält.

Vor diesem Urlaub ging ich mit Julia zum Friseur. Das ist jetzt zwar nicht chronologisch, aber immer noch chronisch – als Problem, meine ich. Und wir wollten uns der Angelegenheit ja von unten nach oben nähern, was zwar nicht logisch ist, aber als Postfeministin glaube ich genauso wenig an Logik wie an Religion.

Wir begrüßten den Friseur, der uns fragte, was er für uns tun könne, mit einem freundlichen: „Guten Tag. Wir haben da so was wie Haare auf dem Kopf. Könnten Sie uns daraus eine Frisur basteln?"

An dieser Stelle gilt es, einige grundsätzliche Faktoren zu erörtern, die beim Friseurbesuch zu berücksichtigen sind. Wählen wir einen schwulen Hairstylisten – und ein homosexueller Angehöriger dieser Zunft wird sich unter gar keinen Umständen als Friseur bezeichnen –, müssen wir aufpassen, das er nicht rum zickt und seinen Gebärneid auf deinen Kopf projiziert, weil er womöglich gerade seinen Eisprung phantasiert. Wählen wir eine heterosexuelle Haarschneidefriseurin, müssen wir Acht geben, dass sie ausreichend gesättigt und guter Laune ist, sonst beginnt sie dich ob der Verlustigkeit ihrer Mittagspause zu verunstalten. Deshalb spendiere ich meiner günstigen Friseurin Marion immer ein belegtes Brötchen gegen die drohende Unterzuckerung, die bekanntlich aggressiv macht. Das Wichtigste ist es jedoch, dass wir auf gar keinen Fall im legeren Freizeitlook zum Friseur gehen. Dann nämlich typisiert dich der Fachmann oder die Fachfrau als salopp und du wirst den Laden unter Garantie so verlassen, als würdest du den größten Teil deines Lebens im Jogginganzug auf der Couch verbringen.

Eine gesonderte Stellung nimmt die Lesbe in unserer Gesellschaft nicht nur im Hinblick auf die Benutzung von Damentoiletten ein, aus denen sie in regelmäßigen Abständen heraus komplimentiert wird, weil ihre Artgenossinnen ihre Geschlechtsidentität verkennen, sondern auch in Bezug auf die Haarfrisur im Allgemeinen. Die Lesbe neigt zur Kurzhaarfrisur mit abrasierter Schläfenpartie. Eine Umfrage unter homosexuellen Frauen hat ergeben, dass 67% den Haarverlust auf den Oralverkehr zurückführen. Das Schrubbeln der Schläfen an den Schenkeln der Geliebten hat offenbar den Verlust des Haupthaares zur Folge. 27% gaben an, diese Frisur sei für das Reinigen von Fingernägeln sehr praktisch, weil sie jede Nagelbürste obsolet mache.

Neuerdings ist unter Lesben jedoch eine große Wandlungsbereitschaft hinsichtlich der Länge des Haupthaares zu beobachten. Vermutlich sind sie es leid, auf dem Herrenklo pinkeln zu müssen. Der Trend geht zum mittellangen Kurzhaarschnitt ohne näher definierte Kontur. Jeden morgen frage ich mich, warum alle Menschen eine Frisur haben, nur ich nicht. Ich klettere aus dem Bett, und mein Haar winkt fremden Menschen an einem fiktiven Punkt am Horizont zu. Es liegt nicht. Es steht und wippt mit jedem Schritt, den ich tue, auf und ab. Das Konturenlose an dieser neuen Entwicklung *auf* den Köpfen lesbischer Frauen hängt eng mit dem Konturenlosen der Entwicklung *in* den Köpfen lesbischer Frauen zusammen. Wie eingangs erwähnt, erfordert der Wechsel von einer Epoche zur nächsten zahlreiche Diskussionen, und bislang scheint noch niemand genau zu wissen, wie man sich denn nun als Postfeministin zu verhalten hat. Gut, mit einer neuen Haarfrisur beginnt oftmals ein neuer Lebensabschnitt, aber Schönheit kommt auch von innen und es sollte schon eine gewisse Übereinstimmung zwischen der Frisur und dem, was darunter liegt, bestehen.

Der Friseurbesuch vor dem Urlaub war jedenfalls sehr teuer, weil Julia den Postfeminismus kurzerhand so auslegte, dass auch die Augenbrauen gezupft werden müssten. Die filigrane Zupfdame, die mich daraufhin mit ihrer Augenbrauenzupfmaschine malträtierte, mokierte, dass da ja mehr Haare fallen würden, als beim Schneiden des Haupthaares, woraufhin ich – ein für alle mal beleidigt – aufstand und meinen Kittel in die Ecke warf. Eine Augenbraue war bereits gezupft und sah fürchterlich böse aus, weil sie meinem Blick einen geschwungenen Schliff verlieh. Erbost schrie ich eine alten Binsenweisheit aus Julias und meinem Frauenzeitschrifts-Wissensvorrat in den Salon:

„Weiß hier eigentlich niemand, dass behaarte Frauen extrem leidenschaftlich und erotisch sind?!"

Julia und ich als die letzte Bastion purer, animalischer Weiblichkeit werden uns noch lange über den Postfeminismus unterhalten müssen, um endlich herauszufinden, was man alles zu tun bereit sein muss, um dazu zu gehören.

Derweil versuchen wir beim Suppe-Löffeln an der Perücke vorbei einige haarlose Happen zu ergattern und setzen uns eine Mütze auf, bis sich uns die Thematik vollends erschlossen hat.

„Das Ende eines Dinges
ist der Anfang eines anderen."
Leonardo da Vinci (1452-1519)

Sieg über die Vergänglichkeit

Ihr Körper bebt noch bittersüß, zartes Zittern weicher Schenkel. Ich reiße mich los von diesem Anblick, kehre unweigerlich zurück, sehe wie sich ihre Lust auf dem Slip abzeichnet: ein kleiner, dunkler, feuchter Kreis auf grauer Seide.

Ich schreie innerlich, sie möge endlich gehen, wenigstens einen kleinen Augenblick – und dann sitze ich wieder auf ihr, spüre sie in mir: Diesen nassen Hügel führe ich durch gleichmäßiges Schaukeln in mich ein, schwimme auf ihr, taumele in die Dunkelheit tief verschlossener Augen und ende in ihrem maßlosen Blau, in diesen Blicken, die mir zurufen und nie wirklich sprechen. Aus Respekt vor unseren Körpern, die mehr sagen, als jedes wohl überlegte Wort.

Wie eine Silhouette windet sie sich unter mir und sucht nach einem Ausweg aus meiner Umarmung. Ihre Hand findet, wonach sie forscht. Sie hat so viel Kraft, dass sie mich mit jedem ihrer Stöße fest in mein Inneres trifft, wo sie erstarren, wo ich sie halten möchte. Doch es scheint wie ein Kampf, der uns jede Ruhe verwehrt. Sie bäumt sich unter mir auf und zieht mich in ihren Schoß. Tief sinke ich hinein. Wir tanzen auf dem Bett, das, einmal von uns verlassen, vor Sinnlosigkeit und Leere stöhnt.

Ihre Orgasmen kann ich nicht zählen. Das sind keine Momente, die ich festhalten kann. Flüchtig, und dann wieder so endlos ewig.

Jetzt flüstert sie:

„Ich will dich lieben, als sei es das letzte Mal."

Genauso fühlt es sich an. Und mit jedem Orgasmus feiert sie einen kleinen Triumph. Einen Sieg über meine Vergänglichkeit. Einen Sieg über ihre Vergänglichkeit.

Ich will ihren Schweiß auf meiner Haut spüren, ich will sie einreiben mit all den Flüssen, die meine Schenkel passieren. Manchmal befeuchte ich meine Finger mit meiner Lust und suche mir eine Stelle auf ihrem Körper. Das Schulterblatt, den Bauchnabel, die Kniekehle. Es wäre normal, wenn das warme Nass unter meinen Fingern mit ihrer Haut verschmelzen würde, doch stattdessen vermehrt es sich auf wunderbare Weise zu einem See. Plötzlich scheint es, als streichele ich ihren süßen Kitzler auf ihrem Rücken. Er wandert zu meiner Hand, folgt mir, meiner Zunge, meinen Lippen. Ich küsse ihren Bauchnabel, atme ihr Beben und lausche dem Stöhnen, dass es mich zerfetzt. Mein Mund küsst und leckt diese geile Haut so gründlich, dass sie mein Gesicht ekstatisch in die Höhe stößt. Sie kommt und kommt und kommt und kommt. In blinder Maßlosigkeit ergibt sie sich ihrer Lust und bedient sich meines Körpers als Quelle für eine Hingabe, die ihren Ursprung in grausamer Sehnsucht haben muss.

Als ich sie auffordere, sich auf meine Brust zu setzen, bäumt sich ihr mein Nippel entgegen, dass ich in sie eindringe und mich verschlungen fühle. Meine gierigen Augen ficken sie. Schenkel umrahmen meinen Körper, ja, sie drohen, mich zu zerdrücken, wenn ich nicht das tue, was sie möchte. Sie explodiert auf mir, dass ich meine Zunge nach ihr ausstrecke, um sie zu trinken.

Eines Nachts hörte ich sie im Schlaf stöhnen. Sie lag auf dem Bauch, die Arme über ihrem Kopf verschränkt. So unschuldig. Rein. Heiß. Feucht. Ein Traum. Neugierig näherte ich mich ihr, meine Brüste auf der zarten Haut ihres starken Rückens, meinen Bauch in ihre Hüfte gepresst, die Arme auf ihren. Ihr Atmen wurde so heftig, dass ich erschrak. Kurz darauf begann ihr ruhender Körper unter mir zu zittern, ohne ein Anzeichen für wirkliches Erwachen. Was für eine Kraft! Der ganze Leib ein einziges hungriges Loch.

Am nächsten Morgen wusste sie nichts.

Ich weiß gar nichts mehr. Ich ahne nur, beobachte und genieße diese Lust. Ich schlafe mit tausend Sternen, die mich anlachen, während ich in einem warmen Sommersee auf dem Rücken liege und der Stille verfalle. Bis wieder eine Welle kommt. Sie liegt neben mir. Wir halten uns an der Hand. Auch die Wellen strömen vor Flüchtigkeit. Eine Sternschnuppe in der Nacht. Noch eine. Der Himmel so hell in der Dunkelheit.

„Wünsch dir was!" fordert sie mich auf.

Aber warum sollte ich mir mehr wünschen, als mir diese vollkommenen Nächte zu bieten vermögen? Alle Sinne dem Weinen nah vor so viel Leben.

„Schweigen ist ein Argument, das kaum zu widerlegen ist."
Heinrich Böll (1917-1985)

Ein masochistischer Dialog

Junge Leidenschaft wütet oftmals reichlich verwegen. Stürmisch riecht es dann nach Lust. Verliebte entdecken nicht selten völlig neue Eigenschaften an ihrem Bett. Sie lernen, es von hinten zu betrachten und von der Seite. Manchmal liegen sie sogar darunter. Sie verlassen es nur mit Widerwillen und Verspätung. Wenn sie es dennoch verlassen müssen, gelten ihre Blicke niemals den Menschen auf der Straße, sondern vielmehr der Nase der Geliebten im Profil oder dem heimtückischen Pickel auf der Wange.

Ihre Körper klebten irritierend fest und süchtig aneinander. Ein Mund verschlang den anderen vor Angst, ihn im nächsten Moment zu verlieren. Den Tag zur Nacht küssend, liebten sie sich schamlos zwischen zwei Regalen im Supermarkt oder im Auto, während eine rote Ampel die Farbe wechselt und andere zu hupen beginnen. Sobald sie dem Refugium der Wohnung den Rücken kehrten, erklärten sie den Boden unter ihren Füßen trotzig zu einem kleinen Erdbeben ihres maßlosen Verlangens. Nicht dieses schäbige, schmutzige Verlangen. Kein Sex im Neonlicht einer klebrigen Toilettenkabine. Nein. Eine vorsichtige Hand tastet gezielt und mit gebotenem Stil an eine Brust. Ein Blick dringt tief und Schenkel spreizen sich wie unsichtbar geführt.

Wenn Gier gezügelt wird, dann entwickelt sich daraus eine Kunst. Die Kunst, Sehnsucht zu beherrschen oder sie zu treiben in den Wahn.

An einem trüben Winterabend betraten sie eine Bar. Unbemerkt öffnete Nina mit zwei Fingern die Knöpfe an Astrids Jeans. Ihre Hand verschwand, begleitet von einem erwartungsvoll fordernden Blick in Astrids Hosenschlitz. Eine zuckersüße, feuchte Klitoris empfing sie herzlich angeschwollen. Die anderen Gäste redeten. Der CD-Player war vor einer halben Stunde verstummt. Der Wirt schien müde, obwohl ihm noch eine lange Nacht bevorstand. Das Schweigen auf dem Barhocker wirkte verdächtig. Kaum eine erkennbare Regung. Warum sahen sie sich nur so lange an? Die Stimmen um sie herum entfernten sich. Sie fühlten sich allein im Raum. Leise, aber mit einem stillen Schrei, der sich in blauen Augen entfaltete wie ein Steinwurf, der auf Wasser Wellen schlägt, kam Astrid heiß in Ninas Hand.

„Kannst du uns noch einmal das gleiche bringen?“ richtete Nina ihre ersten Worte an den Wirt, während sie Astrid eine Zigarette anbot. Sie lächelten sich an, wie zwei, die ein Geheimnis teilen.

„Du bist verrückt, Nina.“ Astrid strich Nina mit dem Daumen über das Grübchen am Kinn. Dann griff sie nach Ninas Hand und küsste die Innenfläche. Als der Wirt träge die Gläser ausgetauscht hatte, unterhielten sie sich am Tresen, als wäre nichts geschehen. Es war an der Zeit, einander endlich kennen zu lernen. Es schien nötig, aus dem Leben *davor* zu erzählen. Doch dieses Leben davor barg viele merkwürdige Überraschungen, die beide in ein übles Zweifeln zogen.

„Wird sie jemals mir gehören? Mir allein?“

Nina grinste diabolisch. „Das erinnert mich an meine Zeit mit Sonja. Mit Sonja hatte ich überall Sex.”

Astrid nippte an ihrem Glas Rotwein und spürte eine Mischung aus Ekel und Neugierde.

„Erzähl,” lud sie Nina wie beiläufig zum Gespräch ein, und Nina ließ sich nicht länger bitten.

„Als ich Sonja kennen lernte, forderte sie mich förmlich heraus. Dieses südamerikanische Temperament!” Sie kam ins Schwärmen.

„Als hätte sie mir den Handschuh zum Duell direkt vor die Füße geworfen. Wenn ich sie bei unserer ersten Begegnung nicht auf der Toilette in der Galerie verführt hätte, hätte sie mir wahrscheinlich nie die Beachtung geschenkt, die ich mir von ihr erhoffte.”

„Hm,” Astrid wollte sie unterbrechen, wollte ihr mit der Zunge das Maul stopfen, aber sie fühlte sich kraftlos und erschlagen. Außerdem musste sie endlich erfahren, wer Nina war. Ein Mensch lässt sich schließlich nicht in seiner Fülle erschließen, wenn man ihn in den eigenen Händen zum Sieden und zum Schmelzen bringt. Dabei geht die Form verloren.

„Als Sonja dann zu mir zog, wurde ich richtig abhängig von ihr.”

Ihre Augen strahlten – paradox. Wie schon so oft, wenn sie sich vor Entzücken zu winden schien, biss sie sich mit ihren herrlich weißen Zähnen auf die Unterlippe und atmete tief durch die Nase ein. Dabei schüttelte sie langsam den Kopf, als sei sie sich des Widersinns bewusst.

„Ich weiß, das klingt verrückt, aber Sonja wollte wirklich heftig genommen werden. Anfangs sträubte ich mich dagegen, schließlich habe ich sie geliebt. Aber dann wurde daraus eine unglaubliche Leidenschaft. Einmal setzte ich sie im größten Buchladen der Stadt auf das Treppengeländer und vernaschte sie dort in der Gegenwart aller Auf- und Absteigenden."

„So?" Mehr brachte Astrid nicht hervor.

„Ja." Kurzes Zögern in der Vergangenheit. „Das war schon verdammt klasse..."

Sie unterstrich ihre Begeisterung mit einem gleichmäßigen Kopfnicken. Astrids Blick haftete fasziniert und angewidert zugleich an diesen verführerisch geschwungenen Lippen. War es üblich, dass man sich solche Details anvertraute? Nina setzte ihren Streifzug durch die Vergangenheit fort.

„Doch dann fing sie an, mich zu betrügen. Sie schlief mit meiner besten Freundin. Zum Geburtstag präsentierte sie mir diese Hiobsbotschaft grinsend als Geschenk. Wir trennten uns mit Sekt statt Tränen auf unseren Wangen. Wortlos schleuderte ich ihr den Schampus ins Gesicht und ging. Du kannst dir nicht vorstellen, wie verrückt ich nach ihr war. Ich wollte nie wieder etwas von ihr hören."

Astrid betrachtete Nina jetzt mitleidig.

„Ist es nicht so, dass nur die Menschen, die wir lieben, die Macht haben, uns so zu verletzen?" Sie hob das Glas und reichte es ihr zum Anstoßen dar. „Auf die Liebe."

„Ja, auf die Liebe," erwiderte Nina.

Astrids Gedanken schweiften in ihre Vergangenheit. Das vergossene Glas Sekt erinnerte sie an Lena, die mit ihrer Eifersucht den Getränkevorrat jeder Kneipe sinnlos hätte verschütten können.

„Ich kenne das Gefühl," sagte sie leise, und ihre Hand umschloss Ninas Finger zärtlich.

„Lena war meine erste Freundin. Anfangs verstanden wir uns prima. Im Bett erlebte ich meine ersten Orgasmen. Wir hatten bei jeder Gelegenheit richtig wilden Sex. Sie musste nur feucht und heiser in mein Ohr flüstern 'Ich liebe dich' und ich hätte meine Beine für sie breit gemacht."

Nina schluckte.

„Muss sie das so sagen?" fragte sie sich.

„Dann begann sie, mir Affären zu unterstellen. Jede Frau in meiner Nähe wurde zu einem Risiko für sie. Die Dramen, die sich aus den Anschuldigungen ergaben, waren Anlass genug für mich, es zu tun. Ich betrog sie, wo ich nur konnte, damit ihre Paranoia nicht sinnlos verhallte." Astrid führte das Glas zu ihrem Mund und nippte nachdenklich daran.

„Doch wenn wir uns mal wieder versöhnten, bin ich regelrecht dahin geschmolzen."

Jemand hatte Nina in die Magengrube geboxt. Sie krümmte sich leicht und hörte ihren Mund sprechen.

„Mit wie vielen hast du sie betrogen?"

Astrid schaute sich die Flaschen im Regal an, als zählte sie: Gin, Martini und Genever, ... Merkwürdig, wie sehr die hochprozentigen Getränke Frauennamen ähnelten.

„Ach, es müssen so sieben oder acht gewesen sein."

„Wie lange warst du mit ihr zusammen?"

„Fast zwei Jahre, glaube ich."

„Kein Kind von Traurigkeit, wie?" Nina bemühte sich, ihre Stimme nicht verräterisch verletzt klingen zu lassen. Sie zog die Stirn kraus und überließ Astrid das Wort.

„Na ja, ich war noch sehr jung. Ich nehme an, ich wollte wissen, wie es mit anderen Frauen ist. Es waren einige darunter, die Himmel und Hölle in Bewegung gesetzt hätten, um mich ganz zu bekommen. Meistens wurde es dann kompliziert und ich habe sie sitzen lassen. Lena hab ich auch sitzen lassen. Ich wollte irgendwann einfach nur noch meine Ruhe haben. Es wurde mir zu kompliziert."

In Ninas Kopf pochte ein erhöhter Pulsschlag gegen ihre Schläfe.

„Was, wenn sie auch so über mich denken wird? Wenn ich ihr 'zu kompliziert' werde?" Sie zwang sich, diese Fragen zu verbannen und bemühte sich um einen gleichgültigen Gesichtsausdruck.

„Lass uns gehen, ja? Ich will dir noch einen anderen Laden zeigen."

Sie bezahlten und verließen die Kneipe, deren Barhocker soeben zum Komplizen einer heimlichen Verführung geworden war. Die Nacht empfing sie mit einem eisigen Wind, der sich einen Weg in die erwärmten Gesichter zu schneiden suchte. Auf der Straße schnürte Astrid Nina den Schal einfühlsam um den Hals. Sie achtete darauf, dass die Kälte keinen Zugriff auf ihr Dekolleté bekam. Sie betrachtete das Kunstwerk dieser Form von Fürsorge und war zufrieden mit sich.

„Wie sehr ich dich liebe", dachte sie und griff nach ihrem Arm. Während sie nebeneinander herliefen, beruhigte sich Nina langsam.

„Weißt du," verkündete sie mit hochgezogenen Augenbrauen. „Ich kann dich sehr gut verstehen. Im Grunde war ich in dem Alter auch nicht anders. Ich hatte immer meine Beziehungen auf der einen Seite, eingebettet in ein wohlig vertrautes Zuhause im Kerzenschein, und auf der anderen Seite aufregende Abenteuer im seiden schimmernden Glanz des Verbotenen. Das war eine aufregende Zeit. Ich habe sie alle betrogen."

Astrid drohte sich an einer Überdosis kalter Winterluft zu verschlucken. Die Lungen füllten sich mit unsichtbaren Schneeflocken, dass sie zu zittern begann. Konnte Nina ihr das Vertrauen schenken, nach dem sie suchte? Ausgerechnet Nina? Astrid schwieg.

„Ich erinnere mich an Ute. Mit ihr war ich bestimmt drei Jahre zusammen. Da habe ich es auf ungefähr 15 Frauen gebracht. Ich weiß, das hört sich jetzt blöd an. Aber ich war ständig auf der Suche. Auf der Suche nach dem schönsten Lächeln. Auf der Suche nach dem knackigsten Arsch. Auf der Suche nach einer Frau, die mir das geben sollte, was ich selbst an mir vermisst habe. Irgendeine sollte sich mit mir zu einem Ganzem zusammenfügen." Ihre Augen schauten Astrid fragend an, als zweifelte sie, ob sie verstanden wurde. In einem Ton, der Rechenschaft ablegen sollte, ergänzte sie sich.

„Das habe ich damals gebraucht. Ich fand es aufregend, zu flirten. Manchmal habe ich Ute davon erzählt, aber vieles habe ich ihr auch verschwiegen. Sie hat mich einfach abgöttisch geliebt und mir alles verziehen."

„Das könnte ich nicht," entfuhr es Astrid. „Ich würde dir das nicht verzeihen."

„Warum? Liebst du mich nicht abgöttisch?" Nina provozierte. Sie grinste.

„Damit hat das nichts zu tun. Ich will das nicht mehr. Das Spielen, das Ausprobieren, diese blödsinnigen Nächte und Affären, die gebrochenen Herzen, das Tragische daran. Ich will dich und ich will dich ganz allein für mich! Verstehst du nicht?"

Eine schwere Pause legte sich über die beiden Gestalten in der Nacht.

„Ja, ich verstehe dich. Ich könnte dich auch nicht teilen."

Wenn Schritte langsam werden, droht unabwendbar Halt. Jetzt stellten sie sich voreinander. Ihre Augen füllten sich mit Tränen und ehrlich schauten sie sich an, als seien sie nackt. Ein Kuss. Astrid hielt Ninas Kinn dabei fest in der Hand. Ihre Zunge drang langsam in Ninas Mund ein. Sie saugte ihr den Atem aus und betrank sich an diesem Geschmack, der von der Liebe zu singen schien. Heftig brannte sich das zärtliche Stöhnen in die Haut und alle Kälte wich der Lust.

Als sie ihren Weg eng umschlungen fortsetzten, war es Astrid, die dort anknüpfte, wo sie zuletzt aufgehört hatten.

„Es ist das Gefühl, die Freiheit verloren zu haben, nicht wahr?"

„Wie? Was meinst du?"

„Na, ich habe Lena betrogen, weil sie mir die Luft geraubt hat. Ich habe sie eigentlich nicht betrogen. Ich habe mir nur geholt, was mir gehört: Meine Freiheit. Mein Leben. Ich wollte nicht ihr Eigentum sein, wollte mich nicht von der Liebe einer einzigen Person aufgefressen sehen. Ich sagte gerade, ich wollte nach der Trennung nur meine Ruhe haben, aber zu aller erst habe ich mir die Freiheit genommen. Und ich habe wieder rumgefickt."

Nina schluckte. „Mit wem? Wer kam danach?"

„Natalie. Es hat ein halbes Jahr gedauert. Ich habe sie nach Strich und Faden belogen. Sie war ein Sprungbrett für die nächste große Liebe. Wenn sie wollte, dass ich zu ihr komme, erzählte ich ihr, dass ich noch viel Arbeit hätte und es nicht schaffen würde. Stattdessen saß ich in der Frauenbar und habe weiter 'Große Freiheit' gespielt. Der Sex mit ihr war sehr schön. Im Flur, im Bad, auf dem Küchenfußboden. Wie die Tiere sind wir übereinander hergefallen."

„Du hast mir noch gar nichts von einer Natalie erzählt!"

„Ich habe dir von so vielen noch nichts erzählt, Honey." Astrid lachte.

„Hier ist es." Nina nahm Astrids Hand und zog sie hinter sich her, die Stufen hoch. Die Bar war fast leer. Die Stadt gehörte an diesem Abend ihnen, die sich allein auf der Welt wähnten und dennoch wussten, dass alles voll und unerträglich besetzt, verbraucht und widerlich unmysteriös sein konnte. Einen Fleck Erde zu erobern, über den die Massen der Zivilisation nicht schon kannibalisch hergefallen waren, durfte unmöglich sein. Kein Baum inmitten dieser Stadt gehörte sich auf mystische Weise selbst. Jeder einzelne wurde schon so oft von einem Hund im Vorbeigehen bepisst und somit zum Bestandteil seines Reviers erklärt. Der

Baumstamm gehörte nicht sich selbst. Kinder ritzen ihre Namen in die Rinde.

Sie setzten sich und bestellten zwei Gläser Rotwein. Als die Jacken gut verstaut, die Gläser angenehm gefüllt und die ersten Zigaretten angezündet waren, hätte ebenso gut im Hintergrund ein Kaminfeuer brennen können, so vertraut loderte die wohlige Atmosphäre. Die Kerze auf dem Tisch warf Schatten. Ninas Wimpern waren überall. Dieses feine Gesicht schmerzte Astrid. Wie umwerfend zauberhaft sie gucken konnte! Wen hatte sie zuletzt mit solchen Blicken betört?

„Du hast so wunderbare Sonnenblumenaugen, die leuchtend auf einer grünen Wiese stehen."

Es gab tatsächlich etwas, das unberührt der Eroberung harrte. Eine neue Frucht, die an einem Obstbaum wächst, will gepflückt werden. Ein Maiskolben im August, seiner Blätter beraubt, kann sich in schillerndem Gelb ganz knackig der entdeckenden Hand anschmiegen. Und es gab Augen, die gesehen wurden, wie sie nie zuvor gesehen wurden.

„Danke, Süße."

Nina hob lächelnd das Glas. Sie fühlte sich angenehm erkannt und neu berührt.

„Wem hast du sie zuletzt geschenkt?" Nun hatte Astrid doch gefragt, obwohl sie damit die zarte Stimmung erneut zu stören drohte.

„Meine Augen?" Nina hob die Augenbrauen fragend an. Astrid nickte.

„Das hab ich dir doch erzählt. Susann."

„Ja, aber du hast nie erzählt, warum ihr euch getrennt habt."

„Es grenzt an einen Gehirnspagat, wenn ich behaupte, dass wir uns wegen dir getrennt haben. Zugegeben, du warst plötzlich da und hast es mir leichter gemacht. Aber du bist nicht der Grund."

Schmerz. Wie tollpatschig ehrlich sie sein konnte. Astrid zog heftig an ihrer Zigarette. ‚Ich will sie nicht unterbrechen, sonst erfahre ich nie, was sie denkt.'

„Bei unserem letzten Telefonat hat Susann mich mit den üblichen Fragen gelöchert. ‚Was hat sie, was ich nicht habe? Wo ist unsere Liebe hin?' Usw. Die ganze Palette der Schlagerlieder rauf und runter. Ich habe ihr gesagt, dass wir uns früher oder später hätten trennen müssen. Sie hat mir verdammt weh getan. Ich hatte nicht das Gefühl, dass sie mich wirklich liebt." Pause. „Ich habe sie geliebt. Und wie!"

Astrid drehte sich der Magen um. Ihr wurde schlecht. „Was hast du an ihr geliebt?" Warum hatte sie das gefragt? Eine Bemerkung über die Musik, den Wein hätte das Thema beendet. Was für ein absurder, masochistischer Dialog!

Nina geriet wieder ins Schwärmen. Dann rollte sie die Augen nach oben zur Decke und seufzte andächtig, bevor sie zu reden begann.

„Ihre Stimme. Astrid, ich habe ihre Stimme verehrt. Wenn sie tanzt, dann ziehen sich alle Besucher vor Ehrfurcht zurück und überlassen ihr den Boden. Als sei sie gekommen, ihn zu befruchten."

Wenn sie tanzt? Gut, dachte Astrid, sie ist nicht tot, aber warum dieser plötzliche Wechsel in die Gegenwart? Lebt sie wieder in ihr auf? Ist sie überhaupt schon fort?

„Wir hatten eine phantastische Zeit zusammen, aber das Ende zeichnete sich schnell ab. Zu schnell, für meine Begriffe. Ich hätte sie gerne länger an meiner Seite gewusst. Sie war so voller Leidenschaft. Doch allzu schnell wandelte sich dieses Verlangen in eine zermürbende Müdigkeit und ich fragte mich, wie lange ich mich noch neben ihr mit unerfüllter Begierde hätte quälen sollen."

„Wie lange ward ihr zusammen?" Ninas Worte bebten in ihr nach, doch sie bemühte, sich, gelassen zu klingen. 'Ich hätte sie gerne länger an meiner Seite gewusst.' Was zum Teufel wollte Nina dann von ihr?

„Ein dreiviertel Jahr. Als ich dich kennen lernte, habe ich mich von ihr getrennt. Ich wollte keine einseitige Geschichte mehr, wollte nicht mehr mehr geben, als ich bekomme."

„Was meinst du mit 'zermürbender Müdigkeit'? Im Bett?"

„Anfangs dachte ich, sie tanzt mit mir auf den Laken. Dann kam es mir so vor, als schliefe ich mit einem Automaten. Ich wollte sie heiraten, doch sie hat mir jede Illusion gestohlen, obwohl sie zuvor gemeinsam mit mir am Gerüst der Illusion gebaut hat."

„Auf die Liebe und die Illusionen!" Astrid erhob ihr Glas und spürte, wie ihre Gedanken langsam im Wein zu schwimmen begannen. Ninas Worte trafen sie nicht mehr so hart. Sie hätte auch nichts Hartes mehr erwidern können. Das Gespräch verlief nun seicht und die Worte plätscherten leise wie Wasser an ein Ufer.

„Auf die Liebe und die Illusionen! Prost."

Die Bedienung leerte den Aschenbecher. Wie ein Automat, dachte Astrid. Ob sie von Nina auch irgendwann einmal als Automat bezeichnet werden würde?

„Wer kam nach Natalie?" Nina hatte sich als erste wieder gefangen. Ihre Hand wanderte über den Holztisch zu Astrids freigelegtem Unterarm, auf dem feine, blonde Haare im Schein der Kerze schimmerten. Jetzt war sie wieder bei ihr.

„Lass mich überlegen." Beide schmunzelten. „Du musst verzeihen, aber ich bin echt kein Kind von Traurigkeit, und manchmal verliere ich den Überblick. Ich glaube, das war Ulrike. Ulrike hat mich verzaubert. Ihre Rehaugen, ein ästhetischer Orgasmus, sag ich dir. Sie selbst schien mir wie ein Kunstwerk und sprühte vor Kreativität. Es gab nichts, was sie nicht selber mit ihren Händen hätte schaffen können. Sehr schöne Hände übrigens. Heute leitet sie ein Museum."

„Bin ich ihr wohl genug?" dachte Nina.

„Wie war sie im Bett?" Auch Nina vermochte nicht zu schweigen, war es doch ein interessantes Spiel. Wie komisch manchmal doch ein Mund unaufgefordert redet. „Ich habe nie erfahren, wie sie wirklich im Bett war. Bevor sie sich zugestand, einen Körper zu haben, der als Quelle der Lust dienen kann, hatte ich sie mehrmals völlig ausgehungert betrogen und wir trennten uns. Du glaubst nicht, wie schön es war, nach einer so langen Durststrecke endlich wieder Sex zu haben."

„Wie hast du das angestellt?"

„Na, ich bin zum Beispiel in die Frauenkneipe gegangen, habe mir eine ausgesucht und so lange mit ihr geflirtet, bis sie ihre Bahn verpasst hat. Da musste sie bei mir schlafen und wir haben es getan. Die ganze

Nacht und den darauf folgenden Tag. Ich bin einfach nicht ans Telefon gegangen, habe Ulrike auf den Anrufbeantworter sprechen lassen. Eine Flut von Höhepunkten."

„Du bist ein Flittchen," rutschte es Nina heraus. Ihre Augen funkelten. Sie merkte, wie Wut in ihr aufstieg.

„Nina, ich glaube, ich spinne! Das sagst DU mir?"

„Ja. Du kannst Sex mit Frauen haben, die Du nicht liebst. Und ihn, unverschämt wie du bist, auch noch genießen!"

„Wäre ja noch schöner, wenn ich ihn nicht genießen könnte. Dann könnte ich ja stellvertretend in einen Strickkurs gehen." Astrid verstand nicht recht. Sie hatte doch lediglich erzählt, was Nina hören wollte. „Oder willst du mir etwa glaubhaft vermitteln, dass die 15 Frauen, mit denen du diese Ute betrogen hast, allesamt zur Kategorie der großen Lieben gezählt haben? Hast du die alle geliebt?"

„Nein. Entschuldigung. Du hast Recht. Es ist nur," sie zögerte. „Heute will ich das nicht mehr. Und ich ertrage den Gedanken nicht, dass du so viele vor mir hattest."

„Glaubst du, ich schüttele mich vor Freude, wenn du mich beiläufig wissen lässt, mit wem du deinen schönsten Orgasmus hattest? Aber wo wir gerade dabei sind: Mit wem war das?"

Nina dachte nach, doch in ihrem Kopf rotierten Namen, Jahreszahlen, Gesichter, Hände und Erinnerungen aller Art. Ihr fiel nichts ein. „Ich weiß nicht," druckste sie herum. Wollte sie überhaupt darüber sprechen?

„Mensch, Nina. Du musst jetzt sagen: Mit dir, mein Liebling, ist doch klar! Der Etikette wegen. Merk dir das für die Zukunft." Astrid lachte Nina mit schelmischen Augen an. Ihr wurde deutlich, was für ein verrücktes Gespräch dies war. Einerseits forderte sie von Nina Ehrlichkeit, und andererseits schien sie diese überhaupt nicht zu ertragen. Aber vielleicht musste all dies einmal gesagt werden, vielleicht musste es einfach raus, um neu und wie gereinigt von vorne anfangen zu können. Katharsis.

„Ich glaube nicht an den schönsten Orgasmus. Viele sprechen von einem kleinen Tod. Es zerreißt und zerfetzt dich innerlich. Es bebt und du zitterst. Schweiß dringt aus deinen Poren und du suchst nach Halt. Manchmal ist ein Orgasmus kurz und flüchtig, dann wieder endlos. Und noch einer, noch einer, einer noch... Ich glaube, jeder Tag birgt die Möglichkeit für den schönsten Orgasmus. Wenn er fort ist, ist er fort und er wird durch den nächsten ersetzt. Der nächste ist natürlich schöner, denn er ist näher. Er ist jetzt. Der Moment, in dem du ihn erlebst, ist pures Glück. Danach wandern wir wieder in der Wüste. Durstig."

Nina strich sich aufgeregt durch das Haar. „Astrid, wenn du so denkst: wo ist dann für dich der Unterschied zwischen Liebe und purem Sex? Ich meine, unterscheidest du da überhaupt?"

„Baby, ich habe viele Fremde eingeladen, meinen Körper zu besuchen, aber nur selten bat ich die Gäste, einzutreten, um ihnen meine Seele zu zeigen. Ich habe dir meine Seele geschenkt, mein Herz. Das ist der Unterschied. Ich schau dir in deine Augen und sehe, statt nur zu gucken. Ich sehe – das ist der Unterschied. Und ich will von dir gesehen werden."

„Ja, ich sehe dich auch... Das ist der Unterschied." „Sollen wir gehen? Ich habe Lust auf dich." Astrid war direkt. So hatte sie Nina auch erobert. Sie hatte ihr bei dem ersten Telefonat einen Kuss geschenkt, ihr über die Lippen geleckt und von dem guten Geschmack geschwärmt. Das hatte Nina die Röte ins Gesicht getrieben. Kurz darauf verabredeten sie sich zu einem sehr erotischen Telefonat. Sie stöhnten beide in den Hörer und kamen zusammen zum Orgasmus, ohne sich je zuvor berührt zu haben. Bis zu ihrer ersten Begegnung vergnügten sie sich mit dieser abenteuerlichen Form der Verbalerotik.

„Leg dich auf mich."

„Ja, ich lege mich ganz langsam auf dich."

„Spürst du meinen Mund? Spürst du meinen heißen Atem an deinem Hals?"

„Gott, ich bin so nass!"

„Gut so, ich fasse dich jetzt an." Stöhnen.

„Meine andere Hand wandert zu deinem Arsch. Ich greife fest zu."

„Kannst du mich ficken, bitte?"

„Ja, ich ficke dich, meine Süße."

Wieder auf der Straße ging jede ihren eigenen Gedanken nach. Sie hielten sich an der Hand. Zwei Frauen in der Nacht. Wie selbstverständlich es für sie war, sich öffentlich zu zeigen. Astrid ging etwas durch den Kopf, und eh sie sich versah, hatte sie ausgesprochen, was den vorangegangenen Dialog fortsetzen würde. Sie blieb stehen.

„Schau mal," ihre Hand drückte Ninas Finger sanft. „Ein Sackgassen-Schild." Von der Straße, in der Ninas Wohnung lag, zweigten einige Sackgassen ab.

„Ja, was ist damit?“

„So habe ich mich gefühlt, bevor ich dich traf. Es ging nicht weiter. Ich konnte nur umkehren und es erneut versuchen, ganz von vorne anfangen. Einen neuen Weg finden, der mich ans Ziel bringen würde. Heute stehe ich hier. Mit dir. Was für ein Glück!“ Ihre grünen Augen funkelten erleichtert und froh. Sie gingen weiter. Doch Nina ließ nicht locker. Zu sehr beschäftigte sie der Gedanke, dass Astrid ihren Körper auch vor Männern prächtig geräkelt haben muss, so wie sie es vor ihren lüsternen Augen tat, voller Verlangen, ein bodenloses Fass der Begierde.

Mittlerweile beschritten sie den gepflasterten Weg, der sie zur Haustür im Hinterhof geleitete. Astrid achtete peinlich darauf, mit ihren Schuhen keine Ritze zwischen den Steinen zu berühren. Alles könnte seine Ordnung haben, ging es ihr durch den Kopf. Aber nichts hatte eine Ordnung. Nichts war statisch. Es gab keine geraden Linien in einem Leben, das aus Kurven, Sackgassen, Bergen, Tälern und Ampeln bestand, die den Verkehr regelten. Ein Pflasterstein fehlte. Sie trat mit Absicht in das Loch. Sie schwiegen.

Nina holte den Schlüssel aus ihrer Jackentasche und öffnete die Tür. Die Betätigung des Lichtschalters, den sie, ohne hinzusehen mit der rechten Hand traf, beendete das Gespräch abrupt. Beide waren nach dem langen Spaziergang durch die dunkle Nacht von der grellen Beleuchtung geblendet. Schweigend liefen sie die Treppe in den zweiten Stock hinauf. Als Nina die Wohnungstür aufschloss, überkam Astrid der bereits vertraute Duft von gut riechender Wäsche. Sie hätte ihre Nase in jedes einzelne von Ninas Kleidungsstücken drücken können. Tief das zu inhalieren, was sich neu und herrlich auf ihre Haut legte, war in der letzten Zeit zu einer Besessenheit geraten. Sie hätte Nina greifen können, um sie nie wieder loszulassen. Hier fühlte sie sich wohl.

Nina hatte ein Faible für Details. Die großräumigen Zimmer schmeichelten dem Betrachter. Der Stuck an der Decke vermittelte den Eindruck von imposanter Geschichte. In jedem Raum bestimmte eine andere Farbe das Maß der Ruhe, das es zu empfinden galt. Ninas Wohnung diente ihrem Rückzug vom Lärm der Straße, von den Stimmen der Menschen aus Gesprächen, die man als schaurig langweilig empfindet, wenn man einmal ein wahrhaftiges „ich liebe dich“ in das Ohr gehaucht bekommen hat. Hier hatte sie sich ein kleines Schloss gebaut und hier konnte sie ihre eigene Königin sein. Als Astrid die Wohnung zum ersten Mal betreten hatte, spürte sie die Lust ihrer Geliebten in dem Gemäuer schreien. Nachdem sie mehrmals miteinander telefoniert hatten, durchdrang sie eine Ahnung von der Tiefe, die Ninas Erregung innewohnte. Sie steckte voller Melodien. Sie war Musik.

Nina zündete die Kerzen im Wohnzimmer an. Weiße Rosen warfen dunkle Schatten auf die Wand, so dass das Zimmer langsam in Bewegung kam. Spanische Musik ertönte als sanfte Untermalung einer knisternden Stimmung, die sich verheißungsvoll erotisch in der Luft verteilte. Sie legten sich nebeneinander seitwärts auf den Boden, stützten den Kopf auf einen Arm und sahen sich herausfordernd in die Augen. Wortlos entfernten sie einander in Zeitlupe einzelne Kleidungsstücke. Knöpfe wurden geschickt geöffnet und mit jedem Zentimeter nackter Haut entwich den Mündern dieses Atmen, das ganz tief aus dem Zwerchfell stammt. Gleichmäßig erhöhte sich der Herzschlag.

Sie liebten sich.

Astrid spreizte die Beine, damit Nina sich auf sie legen konnte. Sie ließ sich zärtlich nieder. Dabei spürten beide die zunehmende Hitze ihrer Leiber. Was so langsam begann, geleitete sie schnell zu einer Heftigkeit, die sich in gierigen Küssen spiegelte. Samtweiche Körper flüsterten in durchdringendem Ton vor Hingabe und predigten das Lieben. Astrid streckte ihren Kopf weit nach hinten, so dass Nina ihr Kinn mit hungrigen Lippen verschlang und mit einem zur Zeitlupe verkommenen Mund daran saugte. „Soll sie doch mein ganzes Gesicht mit ihren feuchten Küssen benetzen," dachte Astrid sehnsüchtig. Doch Nina wanderte mit ihrem Mund am Hals hinunter und machte sich an Astrids Brüsten zu schaffen. In jeder ihrer Hände hielt sie eine wohlgeformte Brust. Das Tal dazwischen gehörte ihrem Kopf, ihrem Mund und ihrer Zunge allein. Gleichmäßig ließ sie darin einen kleinen Fluss entstehen. Auf und ab, als labe sie sich an einer süßen Frucht oder als esse sie ein erfrischendes Eis an einem heißen Sommerabend. Astrids Hand griff in das Haar der Geliebten. Sie zog sie hinauf zu sich, um sich an einem weiteren Kuss verliebt zu betrinken. Rhythmisch stoßen ihre Becken kräftig voreinander. Erhöhter Pulsschlag, geöffnete Poren, das Atmen, das den Bauch und die andere mit ihm in die Höhe treibt.

Als Nina in Astrid eindrang, war sie so feucht und weit, dass es Nina als Belohnung betrachtete und lustvoll mit ihren Fingern zu forschen begann. Mit einem

Arm stützte sie sich ab. Ein Augenblick, der sich vor Glück mit Tränen füllte.

„Ich liebe dich." Astrids Mund zitterte. „Ich will dich so sehr."

In diesem Moment waren sie die Summe aller Geliebten, die sie je hatten.

„Ich brauche dich, Nina!"

„Ich will, dass du mir gehörst," flüsterte Nina heiser. „Mir alleine. Nur mir. Niemand soll dich so lieben wie ich."

„Niemand wird mich jemals so lieben wie du."

Und Astrid kam in ihre Hand, als sei diese Hand die Oase aller Sehnsucht, als läge darin die Wahrheit verborgen, der sie sich anvertraute.

Danach kam das Zweifeln. Nicht direkt danach. Nein. Dazu waren sie zu benommen. Aber was hatten sie gesagt, wo doch beide schon so oft so tief empfunden hatten und scheinbar selbst der größte Liebesschmerz als Lüge sich entpuppte, sobald der Morgentau schweißüberströmter Körper der Sonne eines gewöhnlichen Tages wich? Sobald die Hitze unerträglich erdrückend wurde und dabei langsam das zugrunde ging, was beide suchten.

Hommage á toi

Sind wir nicht immer nur so gut wie unser Gegenüber? Ihr süßer Arsch in meiner Hand bewegt sich wie zu einer Musik, die so sexy ist, dass allein das Zuhören scharf macht. Um zu spüren, wie gut sie ist, braucht sie dich nur zu küssen. Ihre Zunge schmeichelt jedem Mund. Sie leckt dir leicht und unbekümmert über deine Lippen, dass du mehr als willig bist, den Mund zu öffnen und an ihr zu saugen. Am schönsten ist der Moment, wenn sie ihre Erregung in deinen Mund durch ihre tanzende Zunge entlädt. Dann weigere ich mich, sie loszulassen.

Ich möchte deine Spucke trinken!

Endlich erbarmt sie sich, ihr ganzes Können zu zeigen. Das routinierte Zögern weicht dem aufkeimenden Verlangen nach wildem, ungebändigtem Sex.

Stoß mich mit deiner Zunge! Fick mich in meinen Mund! „Zeig es mir," flehe ich sie an.

Zweimal, dreimal langsam auf und ab. Ihr Venushügel hat eine messerscharfe Kontur. Bereitwillig spreize ich die Schenkel. Ungeduldig räkele ich mich unter ihrem heißen Körper. Ich will sofort von ihr genommen werden, weil mich unbefriedigte Lust in den Wahnsinn treibt. Ich will, dass sie mich unverfroren durch das Bett vögelt. Ich will uns beide zu diesem stillen Song laut stöhnen hören, weil mich ihr Atmen fasziniert, wie es langsam lauter wird, wie es gleichmäßig eine Oktave erklimmt. Doch sie versteht sich gut darauf, meine Erwartung in ein Zittern zu verwandeln. Sie ist eine Liebhaberin, die ihre Hände wie eine Musikerin benutzt: Eine Rippe wird zu einer Taste auf einem wohl temperierten Klavier, der virtuose Druck mit zaubernden Fingern darauf erzeugt harmonische Töne. Ein Song, so sexy, dass er sich selbst zum Tanzen verleitet.

Das Warten bringt mich um den Verstand. Beschleunigend dringe ich in sie ein. Sie sitzt auf mir und kann sich holen, was sie braucht. Das tut sie. Ich stöhne und rufe ihren Namen mit einer tiefen Stimme, die vom heftigen Atmen belegt scheint. Mit einer Hand greife ich von hinten an ihren Arsch.

Beweg dich, du Biest!

Ein Nest der Lust auf meinem Hunger. Ja, ich bin hungrig nach ihr, ich will sie küssen und schmecken, atmen und riechen, greifen und spüren. Sie rückt ihren Unterleib in die Nähe meines Gesichts. Ich strecke meine gierige Zunge nach ihr aus und sie gibt mir dafür ihren süßen Kitzler, den ich nun mit meinen Lippen umschließe. Saugend stoße ich sie immer noch mit meiner rechten Hand. Ihre Bewegung wird zu einem Fließen. Fließend auch das ganze feuchte Nass, das sich reizend entlang meiner Pulsader am Handgelenk auf die Reise begibt. Ich könnte sie essen, will ihr mit meiner Zunge eine ständige Begleiterin sein, würde sie vor ihrem Stuhl hockend lecken, könnte mich in ihrem Schoß schlafen legen und mich durch sie allein ernähren.

„Bleib bitte auf mir! Geh nicht fort!"

Doch sie verlässt mich. Nicht, ohne sich zuvor zitternd ihrer Lust auf mir entladen zu haben. In ihrer Höhle spüre ich wie wohlig warmes Fleisch meine Finger fest umschließt. Ein lebendiges Ziehen, das sich in Sekunden zu einem gewaltigen Pressen wandelt, wallt sich meiner Hand entgegen. Nein! So schnell wirst du mich nicht los! Ein letztes Mal dringe ich mit meiner geballten Kraft in sie ein und entdecke eine Insel in einem Ozean, so prächtig heiß, erholsam neu und unberührt.

Plötzlich liegt sie auf mir. Schweiß dringt aus den Poren unserer Haut. Somit wird das Lieben zu einem langen Tango im Wasser und die Musik dazu wie Walgesang in einem Ohr, das sich nach Worten sehnt, die hier von Körpern inszeniert gesprochen.

Wir küssen uns wie Durstende, die endlich Wasser kriegen. Ich lutsche an ihrem Kinn, das sie mir darbietet wie das stumme „Nimm mich" eines erschöpften Kriegers. Ich bedrohe sie mit meinem Begehren. Ich jage sie mit unnatürlich lasziver Liebeslust und mit meinem Körper, der in einem Meer von Adrenalin und feuchter Leidenschaft bebend badet.

Gib mir noch einmal deine Zunge! Lass sie noch einmal spielerisch auf meinen Lippen wandern, und stör dich nicht an meiner Hand, die zwischen meinen Beinen liegt. Erhol du dich, ich mache es mir selbst. Solange du nur bei mir liegst, ich deinen Atem an meinem Hals spüre und mich von deinem starken Arm gehalten fühle.

Ein Blick zur Seite zeigt ihre langen Wimpern. Schön geschwungen schlafen sie auf den geschlossenen Augen einer zärtlichen Erschöpfung, die uns heimsucht, wenn wir uns zuvor ergeben haben und nicht mehr kämpfen müssen.

Ich stelle mir vor, wie ich sie nachts mit meinen Küssen in ihrem Schlaf besuche. Heimlich will ich sie verführen und ihrem Traum den Wahnsinn schenken. Auf Händen soll sie sich getragen fühlen und von einer

Zunge geliebt, die ihren Körper ehrfürchtig erkundet. Verrückt bin ich nach ihr. Ich muss sie riechen, schmecken und mit meiner Haut verschlingen, sonst macht mich leer und einsam, was mit ihr verschmolzen ist zu einer wohltuenden geahnten Ewigkeit.